Wilhelm Müller

Ueber das Urogenitalsystem des Amphioxus und der Cyclostomen

Wilhelm Müller

Ueber das Urogenitalsystem des Amphioxus und der Cyclostomen

Unveränderter Nachdruck der Originalausgabe von 1875.

1. Auflage 2024 | ISBN: 978-3-38635-121-8

Antigonos Verlag ist ein Imprint der Outlook Verlagsgesellschaft mbH.

Verlag: Outlook Verlag GmbH, Zeilweg 44, 60439 Frankfurt, Deutschland, info@outlook-verlag.de
Vertretungsberechtigt: E. Roepke, Zeilweg 44, 60439 Frankfurt, Deutschland
Druck: Libri Plureos GmbH, Friedensallee 273, 22763 Hamburg, Deutschland

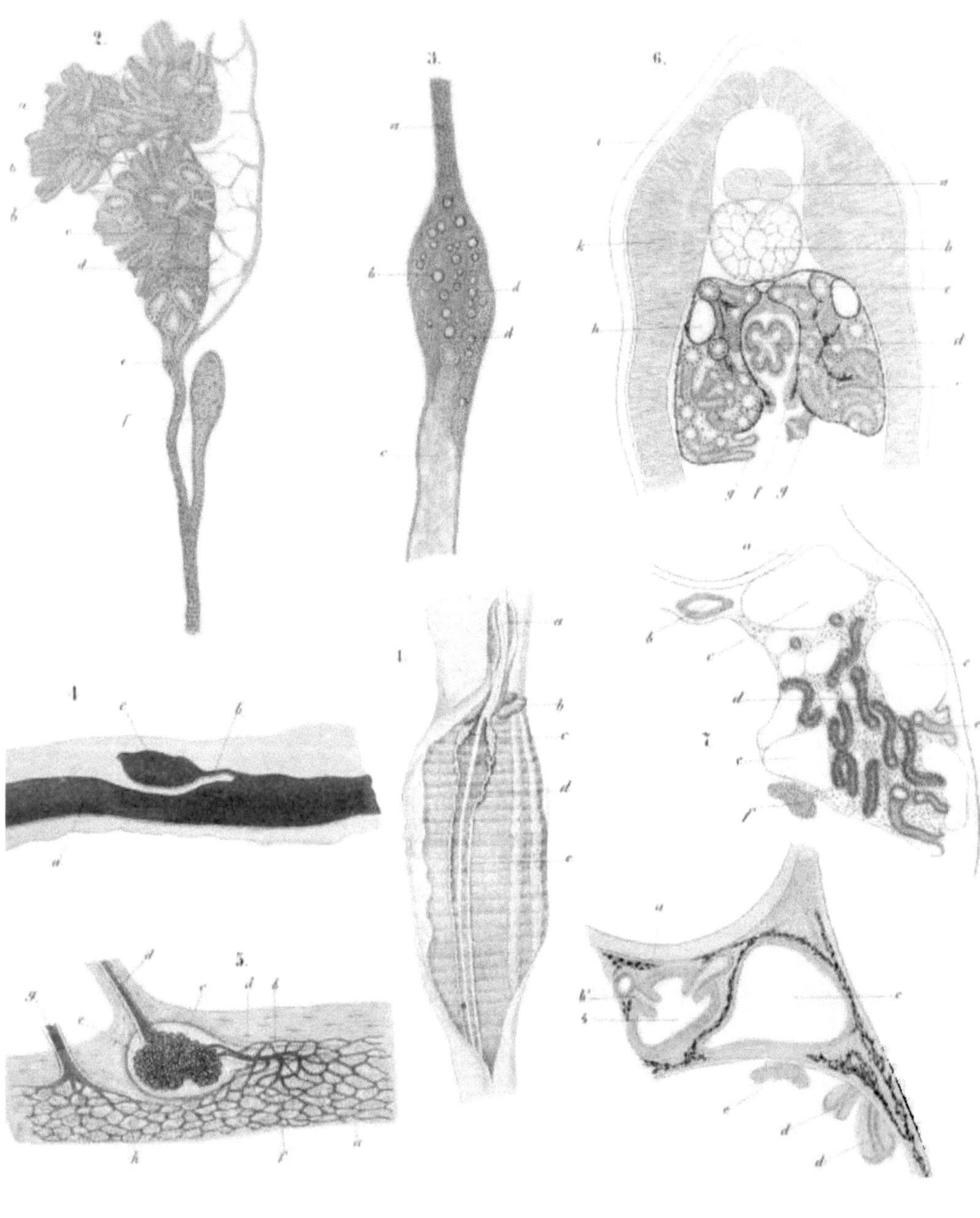

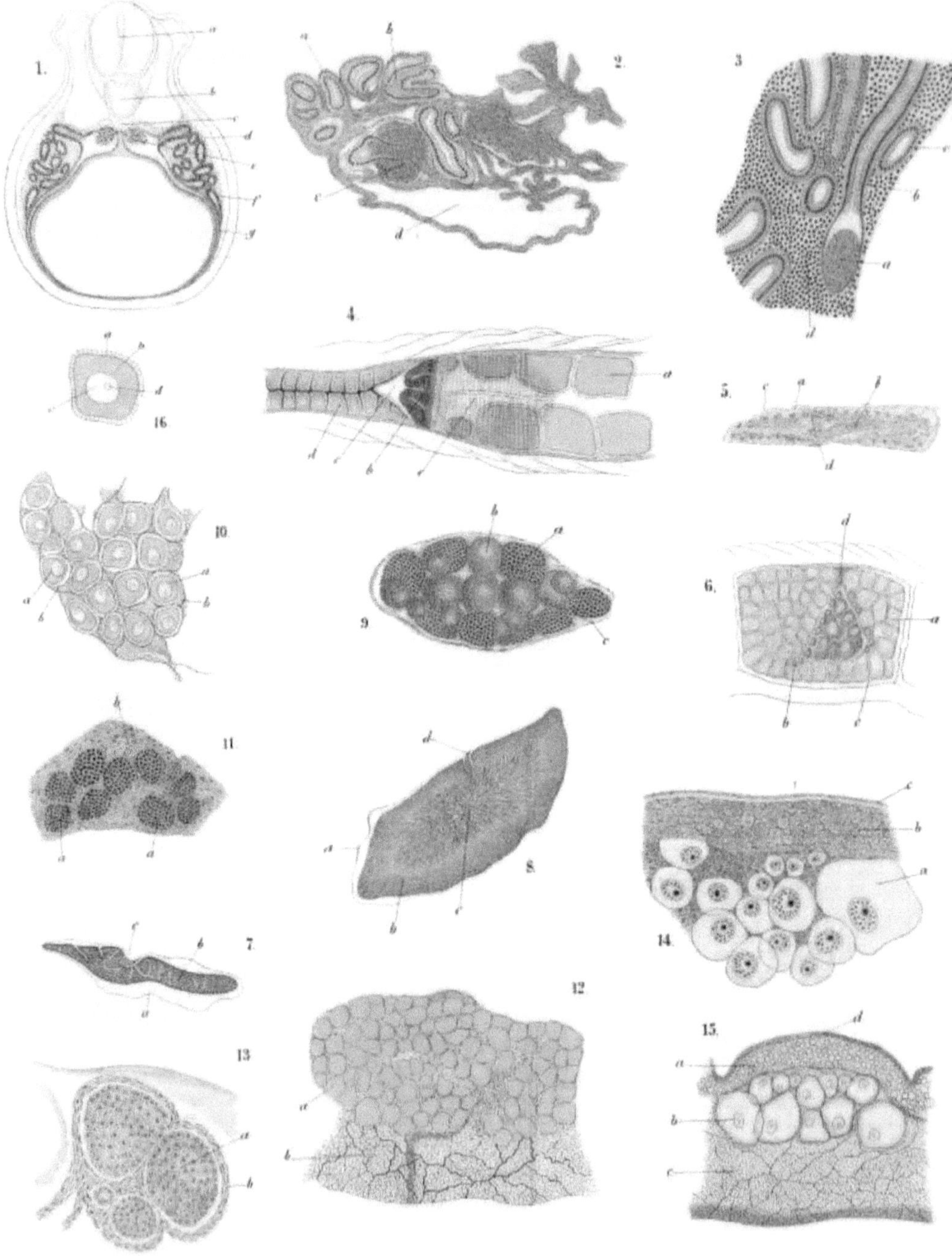

Ueber das

Urogenitalsystem

des

Amphioxus und der Cyclostomen.

Von

Wilhelm Müller,

Professor an der Universität zu Jena.

Mit 2 Tafeln.

Jena,

Verlag von Hermann Dufft.

1875.

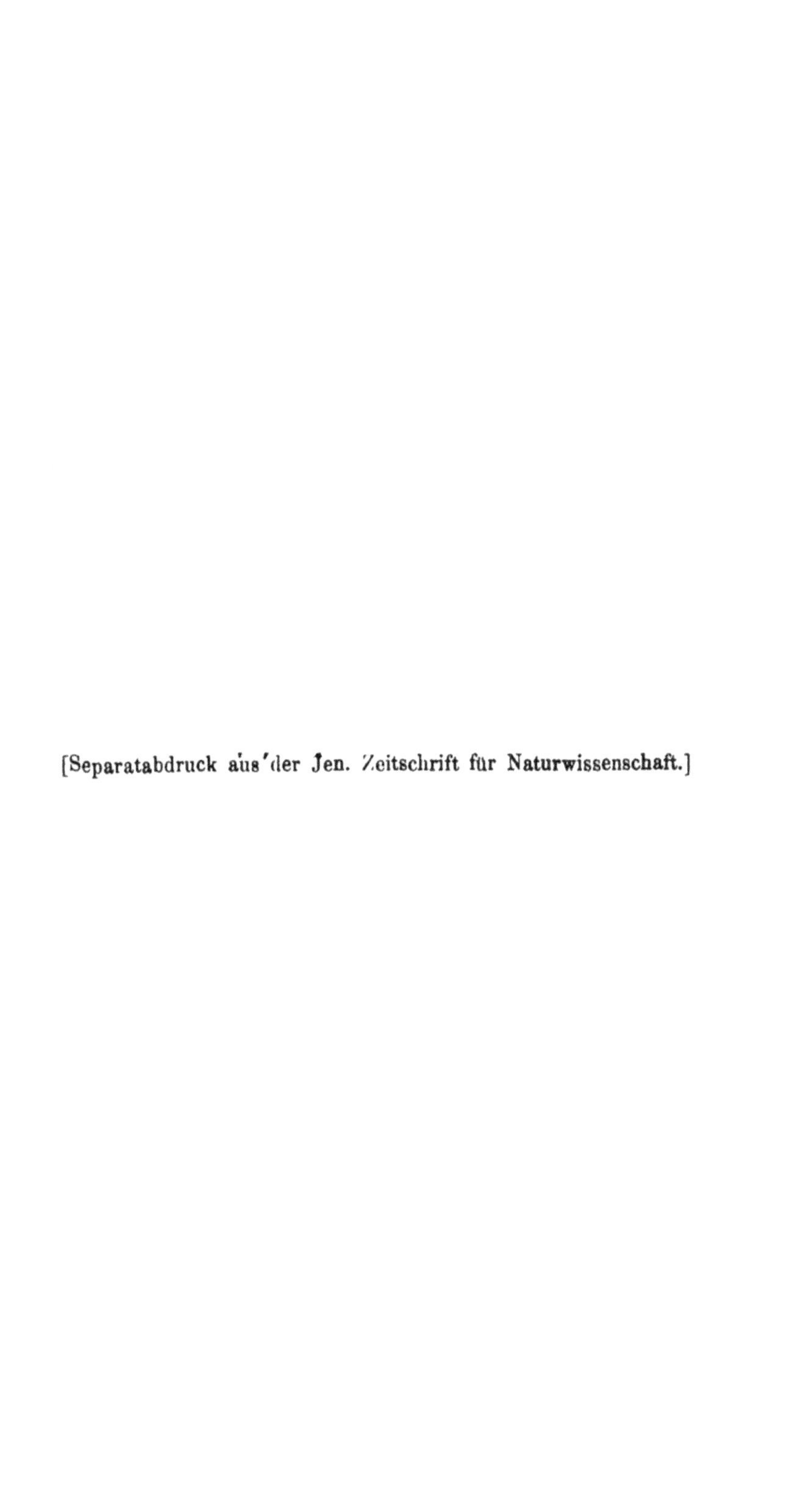

1. Das Urogenitalsystem des Amphioxus.

Die Angaben über das Vorhandensein eines Harnorgans bei Amphioxus sind so widersprechend als möglich. Rathke[1]), Reichert[2]) und Stieda[3]) geben übereinstimmend an, dass Harnorgane, vor Allem Nieren, bei Amphioxus sich nicht finden. Joh. Müller[4]) beschreibt am hintersten Theil der respiratorischen Bauchhöhle mehrere von einander getrennte drüsige Körperchen, ganz in der Nähe des Porus abdominalis. Ausführungsgänge wurden nicht wahrgenommen. Bei der Zergliederung der Thiere konnte er diese Körperchen nicht wiederfinden. Owen[5]) bildet auf Seite 269 seiner vergleichenden Anatomie am hinteren Ende des Kiemensacks, der unteren Fläche der Chorda anliegend, eine bis fast zum Niveau des Afters sich erstreckende rundliche Masse ab, welche er auf Seite 533 als ein leicht getrübtes schmales längliches drüsiges Gebilde beschreibt und für das Harnorgan erklärt.

Ueber die Entwickelung des Genitalapparats finden sich Angaben bei Joh. Müller und Stieda. Nach ersterem sieht man bei jungen Individuen dem Rande der Seitenmuskeln entsprechend einen fadenartigen Streifen herablaufen, in dessen Verlauf kleine

---

1) Heinrich Rathke, Bemerkungen über den Bau des Amphioxus lanceolatus. Königsberg 1841.

2) Zur Anatomie des Branchiostoma lubricum. Archiv für Anatomie und Physiologie. Jahrgang 1870.

3) Studien über den Amphioxus lanceolatus in Mémoires del' Académie de St. Petersbourg. Tome XIX. N. 7. Petersb. 1873.

4) Ueber den Bau und die Lebenserscheinungen des Branchiostoma lubricum. Abhandlungen der k. Akademie der Wissenschaften zu Berlin vom Jahre 1842. Berlin 1844.

5) Richard Owen, On the anatomy of Vertebrates. Vol. I. London 1866.

Anschwellungen wie an einem knotigen Nervenstrange vorkommen. Diese Knötchen sind die ersten Spuren der Genitalblasen. Stieda fand in der nächsten Nähe des porus abdominalis bei einigen Individuen, dass an bestimmten die Längsrichtung einhaltenden Streifen die Zellenschicht an der Bauchwand ein anderes Aussehen hatte, als an den übrigen Gegenden. Die Zellen hatten hier eine wenigstens doppelt so grosse Höhe als daneben. Diese so ausgezeichneten Zellen schlossen sich durch allmähliche Uebergangsformen an das übrige Epithel an. Stieda hält diese eigenthümlichen Zellen für die ersten Anfänge der sich bild enden Keimdrüsen.

Genauere Angaben liegen über das Verhalten der entwickelten Geschlechtsdrüsen vor.

Costa[1]) hat das verschiedene Aussehen von Eierstock und Hode, sowie die Pigmentirung des den Ueberzug bildenden Peritonäum bereits hervorgehoben. Rathke hat die bindegewebige Kapsel beschrieben, von welcher Hode und Eierstock umgeben sind, nachgewiesen, dass die Organe paarig und jederseits in eine Anzahl von Läppchen abgetheilt sind, so wie dass Amphioxus getrennten Geschlechts ist und auf Grund des Umstandes, dass er weder Samenleiter noch Eileiter aufzufinden vermochte, vermuthet, dass die Geschlechtsprodukte in die Bauchhöhle und aus dieser durch den Porus abdominalis nach aussen gelangen.

Joh. Müller erkannte die Eier, welche nach ihm aus Dotter, Keimbläschen und Keimfleck bestehen, während die Hoden nur kleine bläschenartige Körnchen ohne Bewegung enthielten. Kölliker[2]) entdeckte die Spermatozoiden, welche er als aus einem elliptischen Körper von 0,0003—0,0005 Länge und einem feinen 0,018—0,02 langen Schwanz bestehend beschreibt. Er hebt die Verschiedenheit der Zellen, welche im Hoden sich finden, nach Form und Grösse hervor und lässt die kleineren die Bildung der Samenfäden vermittelnden aus den grösseren hervorgehen.

Nach Stieda besteht die Hülle des Eierstocks aus fein fibrillärem Bindegewebe mit spärlich eingestreuten Kernen. Das Innere bestand bei einigen Exemplaren aus einer einzigen Zellenschicht, welche in Form eines Epitheliums eine kleine Höhle auskleidete. Die einzelnen Zellen des Epitheliums waren von unregelmässiger Form mit deutlich bläschenförmigem Kern und äusserst kleinen Kernkörperchen. Bei andern Individuen ist der erwähnte kleine

---

1) Storia e Notomia del Branchiostoma lubricum. Napoli 1843.
2) Archiv für Anatomie und Physiologie. Jahrgang 1843.

Hohlraum des Eierstocks geschwunden, so dass derselbe durchaus solid ist; auf diesem Stadium der Entwickelung besteht der Eierstock aus einer Unsumme von kugeligen Körpern, den Eikeimen. Die Zellen haben eine sehr verschiedene Grösse. Je grösser der ganze Eierstock sich dem unbewaffneten Auge darbietet, um so bedeutender ist auch das Volum der einzelnen darin enthaltenen Eier. Im Allgemeinen liegen im Centrum die kleinsten Eikeime, mehr an der Peripherie die grössten, allein der zwischen den grösseren befindliche Zwischenraum war jedesmal durch kleine eingenommen. Die kleinsten Eikeime haben 0,0026 Durchmesser und lassen nichts weiter erkennen als ein zartes durchaus homogenes Protoplasma und einen punktförmigen Kern; bei den grösseren Zellen ist innerhalb des grösser gewordenen bläschenförmigen Kerns ein deutliches Kernkörperchen sichtbar. Die ausgebildeten Eier hatten einen Durchmesser von 0,15; sie besitzen eine zarte homogene Hülle und einen Inhalt, welcher deutlich runde Körner einschliesst. Der Kern hat einen Durchmesser von 0,057, das Kernkörperchen von 0,0214. An Alkoholexemplaren ist an der äussersten Schicht der Eier eine zierliche radiäre Streifung sichtbar, welche fast den Eindruck eines die Zellen umgebenden Cylinderepithelium macht. Zwischen den kleinen membranlosen Eikeimen und den grössten Eiern finden sich allmähliche Uebergänge.

Der Hode besteht wie der Eierstock aus einer bindegewebigen Hülle und einem epithelialen Inhalt. Jeder Hode besitzt an seiner hinteren und medialen Fläche einen tiefen Einschnitt oder Spalt. Der epitheliale Inhalt des Hoden ist in Form von kleinen cylindrischen Röhrchen angeordnet, welche regelmässig neben einander liegen, sodass ihr blindes Ende der geschlossenen Fläche des Hoden, ihr offenes Ende zu dem Spalt hin gerichtet ist. Auf gelungenen Schnitten macht es den Eindruck, als bestehe der ganze Hoden aus dicht aneinander gedrängten, einfach tubulösen Drüsen, etwa wie die Magenschleimhaut. Den einzelnen Hodenröhrchen fehlt jedoch jede bindegewebige Hülle, und jedes Röhrchen wird zusammengesetzt aus einer grossen Menge dicht neben einander liegender kugliger Zellen. Die einzelnen Zellen haben einen Durchmesser von 0,014, eine deutliche Membran und einen feingranulirten Inhalt, nicht an allen Zellen ist ein Kern sichtbar. An der Geschlechtsreife sehr nahen Individuen fand STIEDA die beschriebenen Schläuche oder Röhren geschwunden und den ganzen Hoden gleichmässig mit Zellen, den Samenzellen, gefüllt. Der Inhalt dieser Zellen erwies sich als eine Menge Samenfäden, letztere liessen ein

sehr kleines punktförmiges Köpfchen und ein kurzes unbedeuten-
des Schwänzchen erkennen.

Ueber die Entleerung der Geschlechtsprodukte liegen sich
widersprechende Angaben vor. QUATREFAGES[1]) gibt an, dass er
Eier in der Bauchhöhle frei liegend angetroffen und deren Aus-
stossung durch den Porus genitalis direkt beobachtet habe. Dem
gegenüber gibt KOWALEVSKI[2]) an, dass die Eier durch die Mund-
öffnung ausgeworfen werden und dass dem Auswerfen der Eier
ein Auswerfen des Samens des Männchens vorhergeht. Das Lai-
chen findet nach ihm nur des Abends statt. STIEDA hebt bei der
Erwähnung der Beobachtung KOWALEVSKI's hervor, „dass es ihm
nicht gelungen sei, eine Communikation zwischen Kiemensack und
Abdominalhöhle nachzuweisen, so dass hiernach die Auffassung
des Porus abdominalis als Porus bronchialis ihm nicht richtig erschien — nach KOWALEVSKI würde der Porus abdominalis dann
nicht einmal als Geschlechtsporus dienen."

Meine eigenen Untersuchungen über das Urogenitalsystem des
Amphioxus sind in den Jahren 1870 bis 1872 an gehärteten, zur
Controle im Frühjahr 1874 an lebenden Exemplaren des Thieres
geführt. Ich habe zunächst Angesichts des Widerspruchs, welchen
STIEDA gegen die Angaben JOHANNES MÜLLER's erhoben hat, die
Beziehungen der Kiemenhöhle zur Bauchhöhle durch das Experiment festzustellen mich bemüht. Ich habe zu diesem Zweck das
lebende Thier in Meerwasser gesetzt, welches ich durch Zufügung
von etwas Indigotine gefärbt hatte. Nach einiger Zeit entfernte
ich das sehr zählebige Thier aus demselben und setzte es nach
vorherigem Abspülen in reines Seewasser. Es gelingt bei diesem
Experiment sehr leicht, sich von der durch die Kiemenspalten
vermittelten Communikation der Kiemenhöhle mit der Bauchhöhle
zu überzeugen. So lange die in der Kiemenhöhle enthaltene Flüssigkeit noch blaue Farbe zeigt, so lange entleert sich auch durch
den Porus abdominalis gefärbte Flüssigkeit. Ich habe darauf das
Experiment in der Art modificirt, dass ich das Thier in Meerwasser setzte, welches möglichst fein zerriebenen Carmin suspendirt enthielt, und nach einiger Zeit das gefärbte Medium mit rei-
nem Meerwasser vertauschte. Es gelingt bei dieser Modifikation
nicht nur, wiederum durch suspendirte Carminpartikelchen röthlich

<hr>

1) Annales des Sciences naturelles. III. Serie. Zoologie. Tome IV.
Paris 1845.

2) Entwicklungsgeschichte des Amphioxus in Mémoires del' Académie de
St. Petersbourg. VII. Série. Tome XI. N. 4. Petersburg 1867.

gefärbte Flüssigkeit aus dem Porus abdominalis entweichen zu
sehen, sondern auch, wenn man kleinere Thiere dem Experimente
unterwirft, den Durchtritt der Carminkörnchen, welche beim Zer-
reiben einen hinreichenden Grad von Feinheit angenommen haben,
durch die Kiemenspalten direkt unter dem Mikroskop zu konstatiren. Ich habe noch ein drittes Verfahren benutzt, durch welches
Präparate gewonnen werden, welche jeden Augenblick demonstrirbar
sind, die Injektion der Kiemenhöhle vom Munde aus durch gelöstes
Berlinerblau. Man sieht bei diesem Experiment fast momentan
die Farbstofflösung aus der Kiemenhöhle in die Abdominalhöhle
übertreten und durch den Porus abdominalis den Körper verlassen.
Wirft man, sobald dies eingetreten, das Thier in starken Weingeist, so gelingt es sehr leicht, den Farbstoff durch Fällung innerhalb der Kiemenspalten und der Bauchhöhle zu fixiren. Es kann
Angesichts dieser übereinstimmenden Versuchsresultate, die, so oft
die Versuche auch wiederhohlt wurden, stets in gleicher Weise
wiederkehrten, darüber kein Zweifel ferner bestehen, dass die Kiemenhöhle des Amphioxus durch die Kiemenspalten mit der Bauchhöhle kommunicirt, demnach bei Amphioxus eine Beziehung, welche
der Mehrzahl der Tunikaten zukommt, sich erhalten hat. Die Ein-
wände, welche Stieda gegen diese Beziehungen geltend gemacht
hat, verdienen umsoweniger Berücksichtigung, als dieselben auf
Beobachtungen beruhen, deren Insufficienz auf den ersten Blick in
die Augen fällt.

Ich habe nächstdem die Angabe Johannes Müller's geprüft,
nach welcher derselbe bei allen lebenden Individuen in der Nähe
des Porus abdominalis drüsige Körperchen beobachtete, welche bei
der Zergliederung sich nicht wieder auffinden liessen. Ich habe
nicht nur die Körperchen Joh. Müller's bei der Untersuchung des
lebenden Thieres wiedergefunden, sondern kann auch eine genügende
Erklärung des auffallenden Umstandes liefern, dass Johannes Müller dieselben bei der Zergliederung nicht wiederfand.

Der in der Nähe des porus abdominalis liegende Abschnitt
der Bauchhöhle enthält fast bei allen Individuen, welche die Länge
von 15 mm. überschritten haben, in der That Körperchen, welche
schon bei schwachen Vergrösserungen sichtbar sind und durch die
körnige Beschaffenheit ihres Inhalts an Drüsenzellen erinnern. Diese
Körperchen stellen Kugeln oder häufiger Ellipsoide dar von 0,05
bis 0,07 Länge bei 0,04 bis 0,05 [1]) Dicke. Sie bestehen aus einem

---

1) Alle diese Angaben beziehen sich auf mm.

Protoplasmahaufen, welcher an der Peripherie kaum merklich verdichtet ist und im Inneren zahlreiche Körnchen von durchschnittlich 0,001 Durchmesser suspendirt enthält. Diese Körnchen sind zum Theil farblos und ziemlich stark lichtbrechend, zum Theil gelblich gefärbt und mattglänzend. Ausser ihnen umschliesst das Protoplasma eine oder zwei Vakuolen von 0,01 bis 0,02 Durchmesser und einen ellipsoidischen Kern von 0,016 bis 0,02 Länge bei 0,01 bis 0,016 Dicke, welcher durch Carminlösung intensiv roth sich färbt, was das Protoplasma nur im geringen Grade thut. Durch das Vorhandensein des Kernes charakterisiren diese Körperchen sich als Zellen. Dazu kommt eine andere wichtige Eigenschaft. Diese Körperchen sind gelegentlicher amöboider Bewegungen fähig, welche ganz unabhängig von dem sie umgebenden Flüssigkeitsstrom erfolgen; sie charakterisiren sich hiedurch als selbstständige einzellige Organismen, welche in der Bauchhöhle des Amphioxus parasitisch leben. Ihre Zahl ist verschieden, bei dichterer Lagerung sind sie sehr wohl im Stande, den Anschein drüsiger Gebilde hervorzurufen, namentlich bei kurz dauernder Betrachtung. Ich zweifle nicht, dass es diese Organismen gewesen sind, welche Johannes Müller vor sich gehabt hat; ihre freie Existenz in der die Bauchhöhle durchsetzenden Flüssigkeit macht es erklärlich, dass derselbe bei der Zergliederung des Thieres ihnen nicht wieder begegnete.

Ich habe endlich den Befund geprüft, welchen das Urogenitalsystem des Amphioxus in Exemplaren von verschiedener Körperlänge darbietet.

Die jüngsten Entwickelungsstadien, welche ich zu untersuchen Gelegenheit hatte, entsprachen einer Körperlänge von 10 mm. Ich habe bei diesen Thieren keine Spur des Genitalapparates aufzufinden vermocht. Das die ventrale Fläche der Bauchhöhle bekleidende Epithel zeigte in der Gegend des Porus abdominalis drei leistenförmige Verdickungen jederseits zwischen der Mittellinie und der Contaktstelle von Rumpf- und Bauchmuskulatur. Die Verdickungen waren am beträchtlichsten dicht vor dem Porus abdominalis, um im Verlauf nach vorne sich abzuflachen, so dass sie im Niveau der Abgangsstelle der Leber kaum mehr zu erkennen waren. Sie wurden dadurch bedingt, dass das in der Umgebung flache polygonale Bauchfellepithel in einer 0,03 bis 0,04 breiten scharf sich absetzenden Strecke cylindrische Form annahm unter Erhöhung auf 0,012. Die Kerne dieser cylindrischen Epithelien lagen der Basis näher und hatten schmale ellipsoidische Form, gegen den Rand hin war der Inhalt der Zellen homogen und mit Carmin wenig sich färbend. Dicht unterhalb des Ansatzes der Bauchmuskulatur an jene des Rumpfes war die Haut links und rechts zu je einer schmalen 0,08 langen, 0,02 dicken Falte erhoben. Dieselbe war an ihrem freien Ende leicht verdickt und medianwärts gekrümmt und bestand aus zwei Lamellen, einer lateralen und einer medialen. Beide waren von dem gewöhnlichen Oberhautepithel bekleidet, welches einer dünnen ziemlich straffen Bindegewebslamelle aufsass, beide Bindegewebslamellen waren durch äusserst spärliche, grosse Räume zwischen sich lassende, fadenförmige Bindegewebszüge unter einander in Zusammenhang; eine Auskleidung dieser Räume mit Epithel war nicht vorhanden.

Bei einem Exemplar von 17 mm. Länge waren die drei leistenförmigen Erhebungen des Epithels an der ventralen Fläche des Bauchfells höher, 0,02 erreichend, auch jetzt verflachten sie sich im Verlaufe nach vorne, um im Niveau des Abgangs der Leber vom Darm sich auszukeilen; der Bau war der gleiche wie früher. Die beiden Bauchfalten waren 0,13 lang, 0,025 dick, im übrigen wie früher beschaffen; der zwischen denselben die ventrale Fläche des Körpers bekleidende Abschnitt der Haut war in eine Reihe dicht nebeneinander stehender Längsfalten gelegt, welche schon bei dem 10 mm. langen Thiere wahrnehmbar gewesen waren. Es war aber ferner die Anlage des Genitalapparats nachweisbar und zwar in Form einer Anzahl getrennter Zellenhaufen, welche auf beiden Seiten alternirend gerade vor der Vereinigungsstelle der Rumpf- und Bauchmuskulatur unter dem Peritonäum lagen. Die Zellenhaufen hatten annähernd eiförmigen Querschnitt mit dorsalwärts gerichtetem schmäleren Ende, der Höhendurchmesser betrug 0,064, der Dickendurchmesser 0,032. Das Bauchfell ging kontinuirlich über diese Körper hinweg; sie waren von einem dünnen bindegewebigen Ueberzug umkleidet und im Inneren von kubischen und cylindrischen Zellen von durchschnittlich 0,006 erfüllt, welche theils in einfacher, theils in mehrfacher Schicht um ein schmales spaltförmiges Lumen gruppirt waren.

Bei zwei Exemplaren von 20 mm. Länge zeigten die drei Epithelstreifen auf der ventralen Fläche des Bauchfells je 0,026 Höhe bei 0,04 bis 0,06 Breite. Sie verflachten sich wie früher im Verlauf nach vorne, die Anlage des Genitalsystems stellte wie in dem vorhergehenden Stadium eine Reihe alternirend stehender Körper dar, welche gerade medianwärts von der Verbindungsstelle der Rumpf- und Bauchmuskulatur unter dem Peritonäum lagen.

Ihr Höhendurchmesser betrug auf dem Querschnitt 0,07 die Dicke
0,036; sie besassen eine dünne bindegewebige Hülle, welche in der
Mitte der ventralen Fläche ein Blutgefäss von 0,016 Länge bei
0,006 Breite einschloss. Die Körper enthielten auch jetzt vorwiegend kubische Zellen, welche um ein centrales 0,04 langes 0,016
weites Lumen gruppirt waren. Die beiden Bauchfalten hatten eine
Länge von 0,2 bei 0,03 Dicke, ihr Bau war gleich jenem des vorhergehenden Stadiums.

Die beiden zuletzt erwähnten Exemplare waren im Laufe des
November gesammelt. Einen wesentlich anderen Befund des Genitalapparats bot ein drittes gleichfalls 20 mm. langes Exemplar,
welches ich im Laufe des März gefangen hatte. Epithelstreifen
und Bauchfalten verhielten sich bei diesem Thier wie bei den zwei
vorhergehenden; die Genitaldrüse erwies sich aber als ein ächtes
Ovarium von 0,2 Höhen- und 0,1 Dickendurchmesser. Der dünne
Ueberzug enthielt auch hier in der Mitte der ventralen Fläche ein
Gefäss. In der Peripherie war dieses Ovarium erfüllt von grossen
bis 0,044 im Durchmesser haltenden Eizellen mit trübem etwas
gelblich gefärbtem Protoplasma, 0,02 im Durchmesser haltendem
bläschenförmigen Kern und 0,004 messendem Kernkörperchen, im
Centrum lagen dicht gehäuft kleine Zellen mit wenig Protoplasma,
relativ grossem 0,005 messenden Kern mit deutlichem Kernkörperchen von 0,001. Vergl. Tafel I Fig. 5, welche die Ovarium - und
Fig. 7, welche die Hodenanlage auf annähernd gleicher Entwicke-
lungsstufe darstellen.

Bei einem Exemplar von 23 mm. zeigte das Ovarium eine
Höhe von 0,22 bei 0,1 Dicke, verhielt sich im Uebrigen wie in dem
vorigen Fall; bei einem Exemplar von 24 mm. betrugen diese
Maasse 025 resp. 0,11. Die Epithelstreifen an der ventralen Fläche
des Peritonäum hatten gegen den Porus abdominalis hin an Höhe
und Breite etwas gewonnen. Die Bauchfalten hatten 0,24 Länge
bei 0,04 Dicke; an ihrem Ansatz an die Bauchwand war ein fla-
ches Gefäss zwischen den beiden Bindegewebslamellen wahrnehmbar, welche dicht unterhalb desselben einen dreieckigen spaltför-
migen Raum zwischen sich liessen, der keinerlei Epithelbekleidung
erkennen liess. Die zwischen den beiden Bauchfalten liegende
ventrale Körperfläche war wie früher zu einer grossen Zahl dicht
aneinander gereihter von einer einfachen Schicht des Oberhaut-
epithels bekleideter Längsfalten erhoben, welche im Inneren schmale
Hohlräume enthielten. Ein Männchen von 25 mm. Länge, im März
gefangen, besass Hodensegmente von 0,8 Höhe bei 0,44 Dicke.

Der Hode liess einen dünnen bindegewebigen Ueberzug und in diesem in der Mitte der ventralen Fläche wieder ein Gefäss unterscheiden. Das Innere bestand aus einer Rinden- und einer Marksubstanz. Erstere hatte eine durchschnittliche Dicke von 0,05 und ein anscheinend gleichmässig körniges Gefüge. Auf sehr dünnen Schnitten löste sich letzteres in äusserst dünnwandige etwas gewundene der Hauptsache nach in radialer Richtung verlaufende Schläuche auf, welche mit rundlichen Zellen von 0,004—0,006 gefüllt waren. Der Durchmesser dieser Schläuche betrug 0,008 im Mittel. An der Grenze zwischen Rinden- und Marksubstanz ordneten sich diese Kanälchen zu konischen büschelförmigen Massen, welche von allen Seiten der Peripherie ihre Richtung gegen das Centrum des Hoden nahmen. Die einzelnen Büschel waren von breiteren an deutlichen Faserzellen reichen Bindesubstanzzügen in dieser Strecke des Verlaufs umgeben. Diese Bindesubstanzzüge bildeten im Centrum jedes Hodensegments ein lockeres Netzwerk, in dessen Interstitien die leicht unterscheidbaren Markkanälchen eingebettet waren, welche hie und da Anastomosen erkennen liessen. Sie strebten schliesslich unter spitzwinkliger Vereinigung der Mitte der ventralen Fläche jedes Hodensegments zu, daselbst mittelst eines schwer wahrnehmbaren 0,016 langen 0,007 dicken an der Ausmündungsstelle mit 0,013 breitem Rande versehenen Vas deferens endigend. Der Bauchmuskel hatte eine Dicke von 0,03 und in der Mittellinie eine deutliche Raphe. Das seine dorsale Fläche bedeckende Peritonäum zeigte in der Nähe des Porus abdominalis die früheren Streifen hohen Cylinderepithels, nach vorne zu sich abflachend, ihre Breite und Höhe hatte zugenommen, sie waren einander in Folge davon etwas näher gerückt. Die ventrale Fläche des Bauchmuskels war von der Oberhaut mit ihrem Epithel bekleidet. Letztere war nahe der Ansatzstelle des Bauchmuskels an den Körpermuskel zu den zwei 0,3 langen am freien Ende medianwärts gekrümmten Bauchfalten verlängert. Sie bestanden wie früher aus einer lateralen und einer medialen Lamelle, welche durch einen spaltartigen Hohlraum der ganzen Länge nach getrennt waren; in dem Hohlraum lag nahe dem Ansatz ein ziemlich geräumiges Gefäss. Die laterale Lamelle der Falte hatte beiderseits grössere Dicke als die mediale, 0,023 : 0,013, das die dickere laterale Lamelle überziehende Epithel hatte cylindrische Form und 0,011 Höhe, während das die dünnere mediale Lamelle überziehende nur 0,007 Höhe und mehr kubische Form hatte. Die ganze zwischen den beiden Bauchfalten liegende ventrale Körperoberfläche zeigte wieder dicht nebeneinander stehende Längsfalten, deren Höhe am Ansatz der beiden Bauchfalten 0,023 betrug, um allmählich bis auf 0,056 in der Nähe der Raphe anzusteigen. Diese Falten zeigten einen sehr charakteristischen Bau. Sie wurden von dem cylindrischen 0,01 hohen einschichtigen Oberhautepithel gebildet, welches einer äusserst dünnen Bindegewebslamelle aufsass; an ihrer Basis erstreckte sich, von den Vorsprüngen des Epithels durch leere Räume geschieden, die Cutis längs der ventralen Fläche des Bauchmuskels in einer Dicke von 0,01, gleichfalls von einer grossen Zahl dicht nebeneinander stehender durchschnittlich 0,006 im Durchmesser haltender von dünnen bindegewebigen Scheidewänden umfriedigter Längskanäle durchsetzt. Weder die umfänglicheren zwischen Epithel und Cutis noch die weniger geräumigen in der Cutis selbst liegenden Hohlräume zeigten am gehärteten Präparat eine Spur von Gerinnsel, während ein solches in dem an der Abgangsstelle der Bauchfalten liegenden Gefäss deutlich erkennbar war.

Der Befund, welchen die mit dem Urogenitalsystem in Zusammenhang stehenden Organe des Amphioxus zur Zeit der vollen Geschlechtsreife im Frühjahr darbieten, unterscheidet sich von jenem der Jugendform hauptsächlich durch die Zunahme des Volums der einzelnen Organe. Die in der Mitte liegenden Ovarien- und Hodensegmente sind grösser als die am vorderen und hinteren Ende liegenden; ihre Zahl entspricht jener der in der betreffenden Körperstrecke vorhandenen Rumpfmuskeln; wie diese alterniren sie auf beiden Seiten. Vergl. Taf. I Fig. 4. Die Höhe der einzelnen Segmente bestimmte ich zu 0,7, ihre Dicke zu 0,5, die Länge zu 0,7; gegen die beiden Enden hin reduciren sich diese Maasse. Die mediale, vordere und hintere Fläche jedes Segments ist von dem Peritonäum überzogen, welches in diesem Bereich bräunlich pigmentirt ist, die laterale Fläche ist an die Fascie der Rumpfmuskeln angewachsen. Jedes' Segment besitzt eine dünne bindegewebige Kapsel, welche dicht unter dem Bauchfell liegt. Die einzelnen Segmente des Ovarium enthalten bis 0,9 grosse Eier. Sie bestehen aus einem gelblichen körnigen Dotter, welcher von einer dünnen Protoplasmaschicht umschlossen wird, aus einem ellipsoidischen 0,044 langen 0,024 breiten Kern (Keimbläschen) und einem glänzenden 0,012 im Durchmesser haltenden Kernkörperchen (Keimfleck). Vergl. Taf. I Fig. 6.

Die Hodensegmente besitzen gleich jenen des Ovarium eine dünne bindegewebige Kapsel. Ihre Substanz lässt auch im Zu-

stand der vollen Geschlechtsreife eine Rinden- und Marksubstanz
unterscheiden. Beide lassen auf hinreichend dünnen Schnitten die
Hodenkanälchen nachweisen, die Marksubstanz leichter als die
Rindensubstanz, deren Kanälchen von einer äusserst dünnen Binde-
gewebsmembran umgeben und mit rundlichen Spermatoblasten dicht
gefüllt sind. Die Kanälchen der Rindensubstanz vereinigen sich an
der Grenze gegen die Marksubstanz unter spitzen Winkeln zu
konisch gestalteten Büscheln von Sammelröhrchen, welche sämmt-
lich der Mitte jedes Segments zustreben. Sie werden von einem
lockeren Geflecht sehr leicht erkennbarer spindelförmiger Faserzellen umgeben, welche das ganze Mark bis zur Grenze gegen die
Rinde durchsetzen. Vergl. Fig. 8 auf Taf. I. Ich lasse es dahin
gestellt, ob unter denselben glatte Muskeln sich befinden. Die
Sammelröhrchen vereinigen sich zu einem sehr kurzen und dünnen
schwer wahrnehmbaren Vas deferens, welches gewöhnlich an einer
eingebuchteten Stelle der medialen Fläche jedes Segments etwas
hinter dessen Mitte ausmündet.

Die Epithelstreifen an der ventralen Fläche des Bauchfells
haben sich gegen früher so verbreitert, dass sie in der Nähe des
Porus abdominalis mit ihren Seitenflächen zusammenstossen. Es
entsteht dadurch eine zusammenhängende Decke von cylindrischem
Epithel beiderseits der Raphe auf der ganzen den Bauchmuskel
bedeckenden Partie des Peritonäum; diese Decke gibt die ursprüng-
liche Sonderung dadurch noch zu erkennen, dass dieselbe durch
drei schmale leistenförmige Vorsprünge der Bindesubstanzlage des
Peritonäum zu den der Länge nach verlaufenden Leisten jederseits
der Mittellinie erhoben ist. Im Verlauf nach vorne verschmälern
sich die Epithelstreifen unter allmählicher Abflachung und rücken
dem entsprechend mehr auseinander; im Niveau des Abgangs der
Leber vom Magen ist die Abflachung bereits so weit vorgeschritten,
dass bei oberflächlicher Betrachtung die Streifen der Beobachtung
entgehen können.

Die beiden Bauchfalten haben sich an 45 mm. langen Exemplaren bis auf 0,45 verlängert; sie sind hakenförmig medianwärts
an ihrem freien Ende gebogen und greifen mit den Enden in der
Mittellinie übereinander, so dass ein geschlossener nach der Aus-
breitung der beiden Bauchfalten von der ventralen Fläche her
zugänglicher Kanal längs der Bauchfläche des Thieres bei
beiden Geschlechtern gebildet wird, welcher, so lange die Bauchfalten übereinander greifen, nur am Porus abdominalis und dicht
hinter dem Mund geöffnet ist. Ihre laterale Lamelle ist 0,052,

die mediale 0,024 dick; das die erstere bekleidende Epithel hat eine Höhe von 0,012 bei 0,004 Dicke und exquisit cylindrischer Form der einzelnen Zellen. Die unterliegende Bindegewebslamelle war an rasch in starkem Weingeist gehärteten Präparaten anscheinend homogen, an Präparaten, welche in schwachem etwas angesäuerten Weingeist gelegen hatten, erschien dieselbe von zahllosen dickeren und dünneren etwas welligen senkrecht zur Oberfläche verlaufenden Bindegewebsbündelchen gebildet, welche eine Fortsetzung der entsprechend geformten Bindegewebsbündelchen der Cutis über den Rumpfmuskeln bildeten und zwischen sich Nervenfasern erkennen liessen, deren Verlauf vom Ansatz gegen das umgebogene Ende der Lamelle gerichtet war. Die mediale Lamelle hatte einen Epithelüberzug von 0,009 Höhe bei 0,014 Dicke der einzelnen Zellen; ihre Bindesubstanzlage hatte nur 0,014 Dicke und war mehr längsfaserig als die der lateralen Lamelle. Das Bindegewebesubstrat beider Lamellen war wie früher durch einen gegen den Ansatz jeder Falte hin sich erweiternden annähernd dreieckigen Spaltraum getrennt, welcher keine Epithelbekleidung erkennen liess; derselbe enthielt nahe dem ventralen Ende der Rumpfmuskeln ein durch eine Bindesubstanzbrücke mit letzterem zusammenhängendes Längsgefäss. Die ganze zwischen den beiden Bauchfalten gelegene ventrale Körperfläche war vom Porus abdominalis bis zum hinteren Mundrand in eine grosse Zahl von Längsfalten gelegt, welche am Ansatz der medialen Lamelle beider Bauchfalten flach beginnend gegen die den Bauchmuskel halbirende Raphe hin eine Höhe von 0,08 erreichten. Sie bestanden aus einem Ueberzug von einschichtigem 0,01 hohen Cylinderepithel, welches einer sehr dünnen Bindegewebslamelle aufsass; letztere war an den vorspringenden Stellen der einzelnen Falten durch einen weiten Hohlraum von der unterliegenden der ventralen Fläche des Bauchmuskels folgenden Cutislamelle getrennt. Auch letztere enthielt eine grosse Zahl durchschnittlich 0,008 weiter von bindegewebigen Wänden umfriedigter Längskanäle.

Nach der Beschreibung, welche im Vorstehenden gegeben ist, müssen dreierlei Organe bei Amphioxus auseinander gehalten werden, welche zu dem Urogenitalsystem in Beziehung stehen. Erstens die Geschlechtsdrüsen, welche ihre Produkte sicher in die Leibeshöhle entleeren, aus welcher sie gleich dem die Kiemenspalten durchströmenden Meerwasser nur durch den Porus abdominalis austreten können. Zweitens die Epithelstreifen, welche längs der ventralen Fläche des Peritonäum vom Porus abdominalis bis vor das Niveau des Leberursprungs nach vorne sich erstrecken. Sie haben mit der Entwickelung des Genitalapparates nicht das Mindeste zu thun, sondern sind älter als der letztere. Ihre Bedeutung kann meiner Ansicht nach nur in der Annahme gesucht werden, dass in Folge des Umstandes, dass bei Amphioxus uralte Beziehungen der Leibeshöhle zu dem Kiemenapparat erhalten geblieben sind, ein ursprünglicher Zustand des uropoetischen Systems persistirt, in welchem eine modificirte Strecke des Bauchfellepithels die stickstoffhaltigen Umsetzungsprodukte der Körpersubstanz an das durch die Kiemenspalten in die Bauchhöhle austretende Wasser abgibt. Drittens der durch die Bauchfalten und die zwischen denselben liegende ventrale Körperfläche gebildete ventralwärts unvollkommen abgeschlossene Kanal, welcher sich vom Porus abdominalis bis zum hinteren Mundrand erstreckt. Ich vermag in ihm nur einen Hülfsapparat zu sehen, ähnlich der nahe verwandten Einrichtung bei Syngnathus, dazu bestimmt, Eizellen resp. Sperma nach der Entleerung aus dem porus abdominalis aufzunehmen und nach Bedarf am vorderen Ende des Kanals austreten zu lassen. So finden die Angaben Kowalevski's ihre naturgemässe Berichtigung. Von einem Auswerfen der Eier durch den Mund, wie es nach Kowalevski's Angaben stattfinden würde, kann selbstverständlich bei Amphioxus keine Rede seien, wie die einfache Vergleichung des Durchmessers der Eizellen mit jenem der Kiemenspalten ergiebt. Wohl aber kann eine Entleerung von Sperma und Eizellen durch das vordere Ende des längs der ventralen Fläche des Körpers resp. Bauchmuskels sich erstreckenden Kanals stattfinden, und die Geschlechtsprodukte müssen in diesem Falle in der Nähe des Mundes zum Vorschein kommen. Mit dieser Annahme erhält auch der Bau der Wandungen dieses Kanals, welcher an jenen von Schwellkörpern in mehrfacher Hinsicht erinnert, seine naturgemässe Erklärung.

Es bedarf nach dem hier Mitgetheilten kaum der besonderen Erwähnung, dass ich die Vermuthung von E. Haeckel, dass der Lymphraum, welcher innerhalb der beiden Bauchfalten liegt, genetisch mit dem Urnierengang etwas zu thun habe, nicht für richtig halten kann. Eine Erklärung des Irrthums, aus welchem die erwähnte Abbildung Owen's hervorgegangen ist, vermag ich nicht zu geben, wohl aber bin ich in der Lage, bestimmt zu behaupten, dass an der betreffenden Stelle kein Organ sich findet, welches mit einem Urnierengang in Zusammenhang gebracht werden könnte.

2. Das Urogenitalsystem von Myxine.

Nach den Angaben Johannes Müller's [1]) liegt hinter den Kiemen zu beiden Seiten der Cardia der Myxinoiden eine eigenthümliche traubige Drüse. Die rechte trifft man hinter der Bauchfellfalte rechts von der Leber, unter welcher man in den Herzbeutel kommt, die linke kommt in dem Theil des Herzbeutels, in welchem der Vorhof gelegen ist, über diesem zum Vorschein. Retzius vermuthete in ihnen die Nieren, konnte aber keinen Ausführungsgang wahrnehmen. Ihre Blutgefässe verhalten sich auf beiden Seiten ungleich, auf der rechten Seite ergiesst sich ihre Vene mit einer Vene der Seitenmuskeln in die Pfortader, auf der linken in das Körpervenensystem. Joh. Müller hält diese Organe für die Nebennieren, jedenfalls für Drüsen ohne Ausführungsgänge. Ihr feinerer Bau ist nach ihm sehr eigenthümlich. Sie bestehen aus Büscheln kleiner länglicher Lobuli, welche an den Blutgefässen hängen und durch lockeres Bindegewebe verbunden sind. Jeder Lobulus oder Cylinder der Büschel besteht aus einer doppelten Reihe von cylindrishen Zellen mit Kernen, beide Reihen biegen am Ende des zottenförmigen Lobulus in einander um. Zwischen beiden verlaufen Blutgefässe und ein Strang von Bindegewebe.

Die Nieren sind bei Myxine von einer Einfachheit, wie kein anderes Beispiel bekannt ist, sie sind in viele kleine Organe zerfallen, womit die Ureteren besetzt sind. Diese Art von Nieren verhält sich zu den Nieren der übrigen Thiere wie die blindsackförmigen Milchdrüsen des Schnabelthiers zu den Milchdrüsen der übrigen Säugethiere, und wie die blindsackförmige Leber des Amphioxus zu der zusammengesetzten Leber aller übrigen Wirbelthiere.

Ein langer jederseits durch die ganze Bauchhöhle reichender Ureter gibt in grossen Zwischenräumen von Stelle zu Stelle ein kleines Säckchen nach aussen ab, welches durch eine Verengerung in ein zweites blindgeendigtes Säckchen führt. Im Grunde dieses Säckchens hängt ein kleiner Gefässkuchen, der nur an einer kleinen Stelle, wo die Blutgefässe zutreten, befestigt, sonst aber von allen Seiten frei ist. Bei den Myxinoiden besteht jeder Renculus aus einem einzigen äusserst kurzen Harnkanälchen, seiner Kapsel und dem darin aufgehängten Glomerulus, während die äussere

---

1) Untersuchungen über die Eingeweide der Fische in: Abhandlungen der k. Akademie der Wissenschaften zu Berlin. Berlin 1845. 4. S. 7 ff.

Haut des Harnleiters sich auch über diesen blindsackartigen Renculus fortsetzt.

Was die Vertheilung der Arterien an die Nieren betrifft, so verhalten sie sich ganz ebenso zu denselben, wie zu den Nieren der höheren Thiere, indem alles Arterienblut, welches den Nieren der Myxinoiden zugeführt wird, sich erst in dem im Inneren des Säckchens liegenden Gefässkörper vertheilt. Diese Arterien sind im Verhältniss zu jenen Körpern sehr gross und jede entspringt unmittelbar aus der Aorta. Venen gehen aus diesen Körpern nicht zur Vena cava zurück. Wahrscheinlich geht das arterielle Blut aus dem Gefässkörper durch Zweige, welche sich auf die Wände der Säckchen verbreiten, weiter. Die Venen der Nieren sind Joh. Müller unbekannt geblieben, er lässt es unentschieden, ob es zuführende Nierenvenen bei diesen Thieren gibt.

Die beiden Harnleiter münden in die Papille aus, in welche die Bauchöffnungen zur Ausführung der Geschlechtsprodukte übergehen. Die oberen Enden der Ureteren reichen bis nahe an die Nebennieren. Das Ende wird plötzlich dünn und zieht sich, indem es die Höhlung verloren hat, in einen feinen Strang von Bindegewebe aus, welches das einzige ist, was die Richtung noch weiter den Nebennieren entgegen verfolgt. Die Geschlechtsorgane hängen in einer langen Bauchfellfalte an der rechten Seite des Darmgekröses. Die Beschaffenheit ist in beiden Geschlechtern völlig gleich, Hoden und Eierstock sind sehr schwer zu unterscheiden.

Die Hoden bestehen aus einer Anzahl runder und rundlichlänglicher Körner, welche den Eiern gleichen; jedes hat eine äussere Haut, gleich der Eihaut und einen dem Dotter zu vergleichenden Inhalt; dieser unterscheidet sich aber von den Dotterkörnern und besteht aus verschieden grossen viel kleineren Körnchen. Saamenthierchen waren im August nicht vorhanden, sie sind wahrscheinlich nur zur Brunstzeit zu beobachten. Der wichtigste Unterschied der Hodenkörner und der Eier scheint darin zu bestehen, dass in den ersteren das Keimbläschen fehlt.

Die Eier sind wenn klein, rund, weiterhin werden sie stark länglich und die reifen sind sehr gross. In allen jungen Eiern sieht man ausser den Dotterkörnchen das Keimbläschen sehr deutlich, es enthält, ausser kleineren Körnchen, zwei oder drei Zellen mit Kern, welche den Keimfleck bilden. Wenn die Eier länglich geworden sind, so liegt das Keimbläschen immer an einem der dünnen Enden des Eies. Die Dotterkörner sind länglich und gleichen ganz den Dotterkörnern der Haifische d. h. sie zeichnen sich auf ihrer Oberfläche durch quere Linien aus, welche eine Absonderung der Substanz anzudeuten scheinen und an Amylumkörner erinnern. Diese Linien sind schon im ganz frischen Zustand vorhanden.

Das reife Ei hat Steenstrup[1]) eingehend beschrieben. Dasselbe ist ausgezeichnet durch einen an beiden Eipolen der Schaale ansitzenden Fadenapparat, welcher in eine Anzahl kleiner dreiarmiger Anker ausläuft. Steenstrup vermuthet, dass dieser Apparat zum Befestigen der Eier an Tang dienen möchte. Owen[2]) hat auf Seite 598 seiner vergleichenden Anatomie der Wirbelthiere den Apparat gleichfalls abgebildet.

Den Porus abdominalis hat Dumeril[3]) zuerst beschrieben. Nach Johannes Müller geht am Ende der Bauchhöhle, rechts und links neben dem Mastdarm, ein kurzer Kanal durch die Bauchhöhlenwand in den unpaaren Porus, welcher hinter dem After zwischen den zwei Hautlippen gelegen ist, welche auch den After einschliessen und eine Art Cloake bilden.

Zur Prüfung der vorstehenden Angaben standen mir sowohl frische als gehärtete Myxinen in hinreichender Menge zur Disposition. Ich habe zunächst durch einfache Präparation die topographischen Verhältnisse einer neuen Prüfung unterzogen, dann die einzelnen Abschnitte auf ihren Bau untersucht.

Der Verlauf der beiden Harngänge ist sowohl am frischen als am gehärteten Präparat ohne Schwierigkeit entsprechend den Angaben von Retzius und Johannes Müller zu konstatiren. Vergl. Taf. II Fig. 1. Sie stellen zwei flache durchscheinende Röhren dar, welche sich von den zwischen liegenden Gefässen durch ihre bräunliche Färbung sowie durch die ihrer medialen Fläche anliegenden Harnkanälchen mit den zugehörigen Gefässknäueln unterscheiden. Die Anzahl der letzteren entspricht jener der Muskelsegmente. Beide Harngänge sind in der Richtung von oben nach unten abgeflacht, von ihrer medialen Fläche gehen unter spitzem Winkel in der Richtung nach vorne schmale gerade verlaufende 0,2 lange Harnkanälchen ab, welche an ihrem blinden Ende zu je einer ellipsoidischen 0,36 langen 0,26 dicken Kapsel sich erweitern. Taf. II Fig. 4. Das Kaliber der Harngänge verengt sich

---

1) Oversigt over det k. danske Vidensk. Selskabs Forhandlinger. 1863. p. 233.

2) On the anatomy of Vertebrates. By Richard Owen. Vol. I. Fishes and Reptiles. London 1866.

3) Memoires d'anatomie comparée p. 145.

von dem hinteren Ende bis zu dem Niveau der Gallenblase nur unbedeutend. Schon bei mässiger Vergrösserung erkennt man in deren Wandung eine intensiv braungelbe Pigmentirung, welche in Form etwas gewundener netzförmig untereinander zusammenhängender Streifen auftritt. Man erkennt ferner die Zusammensetzung derselben aus einer Epithelschicht und einer Bindegewebehülle.

Das Epithel erscheint bei einem Vergleich von Längs- und Querschnitten unter stärkeren Vergrösserungen im ganzen Verlauf einschichtig, cylindrisch, die einzelnen Zellen 0,01 breit, in der Höhe zwischen 0,027 und 0,07 wechselnd; ihre Aussenfläche ist deutlich längsstreifig, stellenweise wie gerunzelt, der Kern rund, durchschnittlich 0,01 im Durchmesser haltend, und stets der Basis der Zelle sehr naheliegend. Die kurzen Zellen führen stets nur Spuren von gelblichen Pigmentkörnern in ihrem Protoplasma, die langen enthalten letztere in um so grösserer Menge, je beträchtlicher ihre Höhe ist. Da beide Formen durch Zwischenstufen ineinander übergehen, wird auf jedem Querschnitt eine Anzahl durch die ungleiche Längenentwickelung der Epithelien bedingter leistenartiger Vorsprünge gegen das Lumen des Harngangs zu Stande gebracht. Diesen Vorsprüngen folgt die Pigmentirung, ısie sind im Allgemeinen der Länge nach verlaufend, stehen aber durch zahlreiche schiefe und quere Leisten untereinander in Zusammenhang. Dadurch kommen die netzförmigen Pigmentstreifen zu Stande, welche schon bei schwachen Vergrösserungen dem Auge auffallen.

Die Bindegewebshülle jedes Harnganges ist unmittelbar am Epithel zu einer dünnen Membrana propria verdichtet; an letztere schliesst sich eine Lage lockeren Gefässe führenden Bindegewebes an, welche nach aussen durch eine dünne Lage strafferen Bindegewebes in Form einer Adventitia von der Umgebung gesondert wird.

Die längs der medianen Fläche von beiden Harngängen entspringenden Tubuli sind wie letztere im Querschnitt elliptisch, mit einem längeren Durchmesser von 0,056; sie gehen nach einem Verlauf von durchschnittlich 0,2 in die ellipsoidischen Kapseln über, mit welchen sie blind aufhören. Sie bestehen gleichfalls aus einer Epithelschicht und einer die letztere umgebenden Bindegewebslage. Das Epithel ist einschichtig, gleichmässig 0,02 hoch, cylindrisch, ohne Pigment. Am Uebergang in die Kapsel flacht dasselbe rasch sich ab, ohne in irgend einer Strecke des Harngangs oder der Kanälchen Cilien zu besitzen; die Innenfläche jeder

Kapsel ist von einer kontinuirlichen Lage ganz flacher polygonaler Epithelien bekleidet. Die Bindegewebshülle der Harnkanälchen verhält sich übereinstimmend mit jener des Harngangs, von welcher sie abstammt; auch hier lässt sich eine dünne Membrana propria, eine lockere ihr anliegende Gefässe führende Bindegewebschicht und eine dünne aber straffe Adventitia unterscheiden. Im Bereich der Kapseln wird die Bindegewebshülle mehr gleichmässig fibrillär und von ziemlich dichter Beschaffenheit. Jede Kapsel wird von einem oberflächlich seicht gelappten Körper nahezu erfüllt, welcher das gewöhnliche Aussehen eines Glomerulus darbietet und an seiner Oberfläche von einer zusammenhängenden Schicht ganz flachen polygonalen Epithels überzogen ist.

An Injektionspräparaten sieht man die Nierenarterien den einzelnen Muskelsegmenten entsprechend von der Aorta zu den erweiterten blinden Enden der Harnkanälchen verlaufen. Sie durchsetzen deren Wand an der medialen Fläche und lösen sich im Inneren zu den charakteristischen Gefässschlingen des Glomerulus auf, aus welchen sie sich zu dem austretenden Gefäss wieder sammeln, welches nahe der Einmündungsstelle des Harnkanälchens in die Kapsal letztere zu verlassen pflegt. Tafel I Fig. 5. Das austretende Gefäss verläuft längs des kurzen Harnkanälchens, an letzteres einige dünne dasselbe mit lockeren Capillarmaschen umspinnende Zweige abgebend, zu dem Harngang, um sich auf letzterem zu einem rhombischen Capillarnetz aufzulösen, welches in der lockeren Bindegewebslage zwischen Membrana propria und Adventitia enthalten ist. Aus diesem Capillarnetz sammeln sich die Venae renales, welche den einzelnen Muskelinterstitien entsprechend medianwärts zur Hohlvene verlaufen.

Im Niveau der Gallenblase angelangt verengern sich beide Harngänge rasch auf die Hälfte ihres bisherigen 0,45 im Breitendurchmesser betragenden Calibers; sie verlaufen in dieser verengten Form noch zwei Muskelsegmente weit nach vorne. In dieser Strecke zeigen sie konstant ein oder zwei längliche Verdickungen, welche sofort durch ihre grauweisse Farbe auffallen. Der Bau der Harngänge in dieser Strecke ihres Verlaufs ist im Wesentlichen der frühere, jedoch ist das Epithel etwas flacher und zugleich der Pigmentgehalt etwas geringer als in dem hinteren Abschnitte. An den durch ihre grauweisse Farbe ausgezeichneten Verdickungen finden sich in den Vertiefungen zwischen den Vorsprüngen des Epithels Conkremente. Letztere sind vorwiegend kugelig, bisweilen ellipsoidisch oder von unregelmässig traubiger Form, sie zeigen ziemlich beträchtlichen Glanz, deutlich koncentrische Schichtung, im Centrum häufig einen schwarzen Kern, ihr Durchmesser schwankt zwischen 0,02 und 0,1. Sie lösen sich in Essigsäure oder Salzsäure nicht auf und geben auf deren Zusatz keine Gasblasen ab. Am Ende der die Conkremente enthaltenden Strecke, deren Zahl und Anordnung grossen Schwankungen unterliegt, geht bisweilen ein kurzes Harnkanälchen ab, welches in eine schmale statt des Glomerulus in der Regel gleichfalls ein Conkrement führende Kapsel endigt. Vergl. Tafel II Fig. 3.

Unmittelbar nach vorne von dem Abgang dieses Harnkanälchens verschmälert sich der Harngang neuerdings, so dass nur ein dünner mit flachem gelblich pigmentirten Epithel und starker bindegewebiger Wand versehener Strang übrig bleibt, welcher bei dem erwachsenen Thier eine kurze Strecke in der bisherigen Richtung verläuft, worauf derselbe weder mit der Loupe noch mit dem Mikroskop weiter verfolgbar ist. Etwas anders verhält sich derselbe bei jüngeren Thieren mit noch in der Anlage begriffenem Genitalapparat, wie ich sie zu Anfang des Juni 1873 wiederholt in den schwedischen Scheren fing. Entfernt man bei solchen Darm, Leber und Aorta bis zu dem Ursprung der letzteren und präparirt sodann das vordere Ende der beiden Harngänge mit dem konkrementhaltigen Abschnitt und dem in der Verlängerung nach vorne liegenden Bindegewebe bis zu den beiden von Johannes Müller als Nebennieren bezeichneten Gebilden von der Umgebung vorsichtig ab und breitet das Ganze nach vorheriger Färbung und Entwässerung in absolutem Alkohol in Candabalsam aus, so lässt sich die Fortsetzung des Harngangs als ein schmaler 0,02 im Durchmesser haltender Gang von dem vorderen Ende des konkrementhaltigen Abschnitts bis zu dem hinteren Ende jeder angeblichen Nebenniere verfolgen. Jeder Gang zeigt ein fast verschwindendes Lumen und eine Auskleidung mit einer einfachen Lage ganz flachen leicht gelblich pigmentirten Epithels, welchem eine verhältnissmässig dicke aus straffem längsgefaserten Bindegewebe bestehende Wand anliegt. Der Gang zeigt gelegentlich nahe dem vorderen Ende ein dünnes von der medialen Seite nach vorne zu abgehendes Harnkanälchen mit ellipsoidischer Kapsel und Glomerulus.

Die beiden Körper, zu welchen bei jüngeren Thieren das vordere Ende der Harngänge sich verfolgen lässt, sind bezüglich ihrer Lagerungsverhältnisse von Retzius und Joh. Müller richtig beschrieben. Der rechte liegt dicht neben dem Oesophagus an der dorsalen Fläche der rechten Ausbuchtung des Perikard gerade über dem Pfortaderherz, der linke an der dorsalen Fläche der linken Ausbuchtung des Herzbeutels über dem Herzvorhofe. Ihre Gestalt ist länglich, die Längenausdehnung beträgt 3 bis 4 mm., die Farbe ist am gehärteten Präparat gelblichweiss, die Oberfläche seicht gelappt und in die Höhle des betreffenden Perikardabschnitts vorragend. Schon bei mässiger Loupenvergrösserung erkennt man sowohl am frischen als am gehärteten Präparat auf dem Gipfel der einzelnen Vorsprünge feine punktförmige Oeffnungen.

Bei der mikroskopischen Untersuchung von Längs- und Querschnitten ergibt sich, dass beide Körper drüsigen Bau besitzen. Vergl. Taf. I Fig. 2. Der schmale Gang, in welchen bei jüngeren Thieren das vordere Ende jedes Harngangs sich fortsetzt, erweitert sich am hintern Ende der beiden Körper rasch und verläuft längs der ventralen Fläche der Vena cava nach vorne. Er besitzt in dieser Strecke wieder hohes leicht gelblich gefärbtes cylindrisches Epithel; sein Lumen ist von ungleicher Weite. Dem Epithel liegt wieder eine dünne Membrana propria und darauf eine lockere Schicht fibrillären Bindegewebes auf. Die dorsale Wand des Ganges zeigt in dessen unterem Abschnitt eine geringe Zahl von Ausbuchtungen, welche alle gegen die anliegende Hohlvene gerichtet sind und in deren Lumen vorspringen. Diese Ausbuchtungen enthalten in ihrem Innern je einen Glomerulus, welcher durch die dünne ihn umgebende Kapsel von der gleichfalls dünnen Wand der Hohlvene geschieden wird. Der Bau dieser Glomeruli und ihrer Kapsel verhält sich wie in dem hinteren Abschnitt des Harngangs. Vergl. Taf. I Fig. 2. Von der ventralen und lateralen Fläche des Gangs entspringt eine grosse Zahl tubulöser Drüsengänge, welche zum Theil zu kleinen Büscheln vereinigt sind und nahe dem Ursprung sich theilen, schliesslich aber alle entweder geraden oder gewundenen Verlaufs der Oberfläche des anliegenden Perikards zustreben, welche über dem freien Ende jedes Tubulus vorspringt. Am Ende des Tubulus verengt sich dessen Lumen etwas, um alsbald mit einer leicht trichterförmig sich erweiternden Oeffnung in die Höhle des Herzbeutels auszumünden. Der Durchmesser der Tubuli schwankt zwischen 0,1 und 0,14, sie bestehen aus einer epithelialen Wand und einer Bindegewebshülle. Das Epithel ist im ganzen Verlauf gleich hoch, cylindrisch, 0,03 : 0,004 messend, längsgestreift und im Protoplasma feine gelbliche Körnchen in mässiger Zahl führend. Dicht vor der Ausmündung erhöht sich das Epithel etwas, dadurch die halsartige Verengerung des Lumen bedingend, um an der Ausmündungsstelle selbst in das Epithel der emporgehobenen Strecke des Perikard überzugehen. Vergl. Taf. I Fig. 2. Cilien fehlen sowohl am frischen als am gehärteten Präparat im ganzen Bereich der Tubuli. Ihre bindegewebige Hülle ist längs des Epithels zu einer dünnen Membrana propria verdichtet, welcher wieder eine Schicht lockeren fibrillären Bindegewebes sich anschliesst; an den vorspringenden Enden der Tubuli wird dieses Bindegewebe auf der inneren Fläche von dem Epithel der Tubuli, auf der äusseren von dem sich allmählich erhöhenden Epithel des Perikard überzogen.

Jede Drüse erhält 2 bis 3 kleine Arterienstämmchen aus dem vordersten Abschnitt der Aorta, welche sich zunächst zu den Gefässknäueln begeben, um weiterhin in der lockeren Bindegewebslage um die einzelnen drüsigen Schläuche ein Netz verhältnissmässig weiter Capillaren zu bilden. Die Venenstämmchen beider Drüsen ergiessen ihr Blut, so viel ich am injicirten Präparate habe sehen können, in die Hohlvene, nicht in die Pfortader.

Myxine ist gleich Amphioxus getrennten Geschlechts. Der Genitalapparat wird demgemäss gebildet entweder von einem Hoden oder von einem Ovarium. Hier ist zunächst der ungewöhnlichen Lagerung der Geschlechtsdrüse zu gedenken, indem dieselbe aus der visceralen Lamelle des Peritonäum ihren Ursprung nimmt. Sowohl der Hode als das Ovarium verlaufen entlang des Darms und sind an dessen rechte Seite genau an der Anheftung des Mesenterium durch ein Mesorchium resp. Mesovarium befestigt. Links fehlt eine Geschlechtsdrüse.

Das Ovarium ist durch die Eianlagen auch an jüngeren Thieren leicht kenntlich; sie sind von kugeliger Form und bestehen aus einem grossen runden Kern von 0,006 bis 0,008 Durchmesser mit glänzendem Kernkörperchen und einer dünnen Protoplasmahülle. Diese jüngsten Eizellen liegen stets zwischen indifferenten Anlagezellen von 0,008 Durchmesser mit ziemlich grossem rundlichen oder ellipsoidischen Kern und feinkörnigem Protoplasma. Die grösseren Eizellen liegen in der Regel mehr gegen das Mesovarium zu, sie behalten die kugelige Form bis zu einem Durchmesser von 0,6 bei. Ihr Kern wächst dabei bis 0,16 Länge bei 0,11 Breite; er liegt stets an der Oberfläche des Protoplasma, im Inneren enthält er ein Kernkörperchen von 0,03 und eine mässige Zahl kugeliger Gebilde von 0,008 Durchmesser. Das Protaplasma sondert mehr und mehr geblichen äusserst fein vertheilten Dotter ab. Vergl. Taf. II Fig. 14. 15. Umgeben wird jedes Ei von dieser Grösse zunächst von einer einfachen Lage polygonaler ganz

flacher Zellen mit Kern von 0,012 Länge 0,006 Breite und feinkörnigem Protaplasma; auf diese Zellenlage folgt eine bis zu 0,016
dicke Schicht zellenreichen fibrillären Bindegewebes.

Bei weiterem Wachsthum geht die kugelige Form des Eies in
eine ellipsoidische über. Zugleich wächst des Mesovarium in der
Umgebung des Eies zu einem förmlichen Divertikel aus, so dass
die in der Entwickelung vorgeschrittenen Eier allmählich in ge-
stielte taschenförmige Anhänge des Mesovarium zu liegen kommen.
Je grösser das Ei wird, um so deutlicher markirt sich an dem
einen seiner beiden Pole ein weisslicher Fleck, welcher an dem
andern Pol nur schwach angedeutet ist.

Bei Eiern von 18 mm. Länge bei 6 mm. Dicke lassen sich
zwei bindegewebige Hüllen des Eies unterscheiden. Die eine ist
dünn und mit der zweiten, über welche sie hinweggeht, nur locker
verbunden; sie wird von einer Fortsetzung des Mesovarium gebildet. Die zweite oder innere haftet fest an der unterliegenden
Testa; sie ist gegen die Mitte des Eies dünn, an den beiden Polen verdickt, bis 0,4 mächtig. Diese Hülle besteht aus einer sehr
zellenreichen Bindesubstanz mit Kernen von 0,008—0,012 Länge
bei 0,004—0,006 Dicke und sehr fein fibrillärer hie und da durch
die Anwesenheit schmaler, Flüssigkeit führender Lücken an Schleim-
gewebe erinnernder Zwischensubstanz. Diese verdickten Abschnitte
der inneren Hülle sind sehr reich an Gefässen, sowohl Capillaren,
welche an Injektionspräparaten auf beiden Eipolen ein enges rhom-
bisches Maschennetz bilden als Venen, welche einen ziemlich dich-
ten Plexus herstellen. An der dem Ei zugewendeten Fläche ist
die innere Hülle zu einer glänzenden 0,002 dicken Membrana propria verdichtet. An letztere stösst eine in der Mitte des Eies
einfache, an den Polen mehrfache Schicht von Zellen. Sie sind
gegen die Mitte des Eies quadratisch oder kubisch, 0,008 hoch,
0,008—0,012 breit, mit je einem runden oder ellipsoidischen in
radiärer Richtung abgeflachten Kern versehen. Gegen die Pole
hin verdickt sich diese Zellenschicht, und die Zellen nehmen je
weiter gegen den Pol um so deutlicher cylindrische Form an; sie
erreicht am Pol eine Dicke von 0,04 und besteht aus 3 bis 4
Etagen spindelförmiger oder cylindrischer Zellen mit dünnem
feinkörnigen Protoplasma ohne scharfen Contour und ellipsoidischen
radiär mit der Längsaxe gestellten Kernen von 0,012 Länge bei
0,006 Dicke. Genau in der Mitte des weissen Eipols zeigt diese
Zellenschicht eine konische Einbuchtung von 0,06 Basis bei 0,1
Tiefe, welche eine trichterförmige gerade gegen den unterliegenden

Kern und das ihn umgebende Protoplasma gerichtete Oeffnung enthält, die Mikropyle. Die Grösse des gerade unter der letzteren
liegenden Kerns bestimmte ich zu 0,2 Länge bei 0,1 Breite, das
runde Kernkörperchen hatte einen Durchmesser von 0,015. Der
Inhalt des mit Carmin roth sich färbenden Kerns war äusserst
feinkörnig, die grösseren glänzenden Kügelchen, welche derselbe
früher enthielt, waren verschwunden. Der Dotter zeigte gegen
früher gleichfalls eine wichtige Veränderung, indem derselbe in
einzelne Körner von 0,001 bis 0,016 Grösse zerfallen war; die
kleineren Körnchen fanden sich in der Nähe des Kerns, die tiefer
liegenden hatten durchschnittlich 0,012 bis 0,016 im Durchmesser;
ihre Form war theils kugelig, theils ellipsoidisch, theils unregelmässig; mit Carmin liessen sie um ihre gelbe Centralmasse einen
dünnen blass rothen Saum nachweisen, welcher häufig an einer
umschriebenen Stelle zu einem 0,008 breiten 0,004 dicken Vorsprung verdickt war. Es bestanden demnach die Dotterkörnchen
der Mehrzahl nach aus der eigentlichen Dottersubstanz und einer
ungleich dicken Hülle.

Von den späteren Entwickelungsstadien habe ich Eier zu untersuchen Gelegenheit gehabt, welche vor' Kurzem befruchtet sein
mussten und in dem Göteborger Museum enthalten waren, dessen
Vorstand, Herr A. W. Malm, mir zwei Stück freundlichst zur Disposition stellte. Diese Eier zeigten den merkwürdigen Ankerapparat, welchen Steenstrup beschrieben und abgebildet hat, in
voller Ausbildung. Die Eier waren durch denselben zu einer Kette
verbunden, indem die dreiarmigen Anker, in welche die Hornfäden
jedes Eipols am· Ende ausliefen, zwischen einander griffen und
dadurch die einander zugekehrten Pole je zweier Eier verbanden.
Die Testa zeigte an den Eiern, welche jedenfalls vor einigen Tagen
bereits gelegt waren, keine Spur einer inneren oder äusseren bindegewebigen Hülle, dieselbe musste demnach eine vollständige Rückbildung erfahren haben, ähnlich der, welche das Schmelzorgan der
Zähne nach erfolgter Ausbildung des Schmelzes erfährt. Nach
Abzug der Eihaut zeigte sich an dem einen Eipol über dem Dotter eine annähernd kreisförmige etwa $^1/_4$ des Dotters umgebende
Keimscheibe, welche bestimmte Embryonalanlagen noch nicht erkennen liess. Es ergibt sich aus dieser Beobachtung, dass Myxine
ihre Eier in Schnüren legt und dass die Aneinanderreihung durch
den Ankerapparat vermittelt wird, welcher von den beiden Polen
jedes Eies ausgeht; es ergibt sich aber ferner die im Hinblick auf
die totale Furchung des Petromyzon-Eies interessante Thatsache,

dass die Furchung bei Myxine eine partielle ist. Ich werde auf
diese interessanten Verhältnisse, welche das Ei von Myxine darbietet, binnen Kurzem ausführlicher zu sprechen kommen.

Was die Angaben Joh. Müller's über die Beschaffenheit des
Hoden betrifft, so entsprechen dieselben so wenig dem wirklichen
Befund, dass ich zweifelhaft bin, ob Johannes Müller wirklich das
Männchen von Myxine glutinosa vor sich gehabt hat. Die Männchen
sind viel seltener als die Weibchen und wie ich Grund habe zu
vermuthen, etwas keiner; alle männlichen Exemplare, welche ich
erhielt, wurden ganz kurz nach dem Aussetzen des Köders gefangen. Der Hode hat die gleiche Lage wie das Ovarium und
gibt sich auf den ersten Blick als solcher zu erkennen, indem er
eine flache gleichmässig grauweiss gefärbte, seicht gelappte Masse
längs des freien Randes des Mesorchium bildet. Er besteht aus
einer grossen Zahl rings geschlossener Follikel von 0,08—0,2
Durchmesser, welche durch stärkere Bindegewebzüge in läppchen-
artige Gruppen gesondert werden. Jeder Follikel besitzt eine bindegewebige Gefässe führende Hülle von 0,004—0,01 Dicke, deren
innerste Schicht zu einer dünnen Membrana propria verdichtet ist,
und einem epithelialen Inhalt. Letzterer besteht aus einer peri-
pherischen Schicht protoplasmareicher flacher der Hülle des Follikels anliegender Zellen und einer grossen Zahl frei im Inneren
des Follikels liegender rundlicher Zellen. Der Durchmesser der
letzteren schwankt zwischen 0,01 und 0,02, sie besassen einen deutlichen Kern und ein blasses Protoplasma, welches in den grösseren
Zellen eine Anzahl ellipsoidischer Körnchen ähnlich in der Ausbildung begriffenen Spermatozoidenköpfchen enthielt. Freie Spermatozoiden enthielten die Follikel zur Zeit der Untersuchung (im
August) nicht. Vergl. Tafel II Fig. 12 und 13.

Die Deutung des Urogenitalsystems von Myxine bietet hin-
sichtlich des Genitalapparats keine Schwierigkeit. Der hintere
Theil des Harnapparats ist durch die Harnkanälchen und ihre
Endigung in Gefässknäuel führende Kapseln als Urniere genügend
charakterisirt, denn nur von einer solchen kann bei Myxine die
Rede sein. Grössere Schwierigkeit bietet die konkrementhaltige
Strecke und der vordere tubulöse in das Perikard, respective, da
die Perikardialhöhle von Myxine mit der Leibeshöhle kommunicirt,
in die Leibeshöhle mündende Abschnitt. Für seine Deutung ist
die Nachweisbarkeit des Zusammenhangs mit dem Urnierengang
bei jüngeren Thieren von Wichtigkeit; es erhält sich hier bei Myxine ein aus dem vorderen Ende des Urnierengangs hervorgehen-

der drüsiger Apparat, welcher bei allen amnionlosen Wirbelthieren in einer bestimmten Periode ihres Embryonallebens sich findet und durch seine Beziehungen zur Leibeshöhle von der Urniere sich unterscheidet. Dieser Abschnitt wird zweckmässig, da er vor der Entwickelung der Urnierenkanälchen auftritt und auch der Lage nach vor letzteren sich befindet, als Vorniere Proren zu bezeichnen sein. Der zwischen Vorniere und Urniere bei Myxine sich findende konkrementhaltige Abschnitt kann seine Eigenthümlichkeit ebensowohl einer Vererbung von Tunikaten oder Würmern als der Involution des Verbindungsstücks zwischen vorderem und hinteren Abschnitt des Urnierengangs verdanken. Die Verfolgung der Entwickelungsgeschichte von Myxine vermag allein diese Frage zu entscheiden.

3. Das Urogenitalsystem von Petromyzon Planeri.

RATHKE [1]) hat die topographischen Verhältnisse des Urogenitalsystems von Petromyzon Planeri genau und in den wesentlichen Punkten vollkommen richtig beschrieben. Nach ihm verläuft längs der Bauchhöhle rechts und links je ein Fettkörper. Jeder hat zwei Seiten, eine äussere sehr konvexe und den Seitenwänden der Bauchhöhle anliegende und eine innere etwas konkave, und dem einfachen Geschlechtstheile sowie dem Darm anliegende. Der obere sowohl als der untere Rand eines jeden ist mässig stumpf. Beinahe ganz vorn ist jeder Körper am dicksten und breitesten, je weiter nach hinten, desto mehr nimmt er an Dicke und Breite ab. Beide Körper liegen mit ihren oberen breiteren und der Wirbelsäule angehefteten Rändern ganz nahe bei einander und haben nur die Aorta zwischen sich; mit ihren unteren Rändern dagegen liegen sie ziemlich weit von einander entfernt.

Mit diesen Fettkörpern sind die beiden Nieren auf das Innigste verschmolzen. In dem unteren Rande jedes Fettkörpers verläuft beinahe bis zu dem vorderen Ende ein hautartiger Kanal, der Harnleiter. Er nimmt nach hinten an Weite zu, erlangt jedoch nirgends die Weite des Harnleiters der Pricke. Von der vorderen Hälfte dieses Kanals gehen unter rechten Winkeln und in kleinen Entfernungen von einander eine Menge äusserst zarter Gefässe ab

1) Beiträge zur Geschichte der Thierwelt. Vierte Abtheilung. Halle 1827. 4. S. 92 ff.

und wenden sich alle nach oben. Ein jedes dieser Gefässe, von welchen die mittelsten am längsten sind, hat im Ganzen eine ziemlich beträchtliche Länge und scheint ganz einfach zu sein. Ein jedes ferner ist zum grössten Theil knäuelartig gewunden und seine Windungen werden nur durch eine sehr geringe Menge von Zellgewebe zusammengehalten. Wenig Zellgewebe hält auch die einzelnen Knäuel untereinander zusammen. Die ganze Ansammlung dieser Gefässknäuel, welche nichts anderes als die Harngefässe sind, befindet sich an dem unteren Theil der vorderen Hälfte des Fettkörpers. Die Endstücke der Gefässe sind nicht mehr knäuelförmig zusammengewickelt, sondern stark geschlängelt und dringen in mässigen Entfernungen von einander in den Fettkörper selbst ein, innerhalb dessen sie von unten nach oben verlaufen. Ob sich der Fettkörper der Niere anbildet oder ob die Niere späteren Ursprungs ist und aus ihm ihre Entstehung nimmt, lässt sich nicht sagen, wahrscheinlich dürfte der Analogie nach das erstere der Fall sein. Die Harnleiter münden dicht vor dem Ende des Darms in diesen. Zwischen den beiden Fettkörpern und den Nieren, über dem Darm, verläuft der einfache Eierstock oder Hode. Er erstreckt sich fast durch die ganze Bauchhöhle und ist der Aorta und zum Theil den oberen Rändern der Fettkörper fest angewachsen. Sowohl der Hode als der Eierstock besteht aus dünnen, kleinen, vom Bauchfell überzogenen Zellgewebsplatten, innerhalb welcher je nach dem Geschlecht die Eier oder die weissen Hodenkügelchen liegen. Ein Samen- oder Eileiter ist nicht vorhanden.

An das vordere Ende jeder Hohlader setzt sich ein geräumiger blutführender Sack an. An seiner äusseren Fläche befinden sich 10 bis 12 drüsenartige, kleine, weissgefärbte und mit einem kurzen Stiel versehene Körperchen, welche zum Theil becherförmig ausgehöhlt erschienen. Aehnliche Gebilde fanden sich im Inneren des Sackes selbst.

Bei Petromyzon Planeri sind die beiden Fettkörper unterhalb der Aorta verschmolzen. Die Niere erstreckt sich wie bei Ammocoetes von dem vorderen Rande bis zur Mitte desselben. Die Harngefässe münden getrennt hintereinander in die Harnleiter ein und sind nicht so stark wie bei Ammocoetes geschlängelt.

Das reife Ei von Petromyzon Planeri haben Max Schultze und August Müller beschrieben. Ersterer[1] unterscheidet an dem rei-

---

1) Die Entwickelungsgeschichte von Petromyzon Planeri. Haarlem 1856. S. 30.

fen Ei die äussere Hülle, aus gallertartiger Substanz und der festeren Eischalenhaut (Chorion) bestehend und den ·Dotter, der von einer zarten Dotterhaut umhüllt wird. Die Eischalenhaut ist eine glashelle ziemlich feste 0,0015 dicke Membran, die äusserst fein punktirt ist. Die Dotterhaut ist äusserst zart. Eine Mikropyle konnte MAX SCHULTZE nicht auffinden. Die Dottersubstanz besteht aus losen Körnchen, wovon die grösseren sechsekige längliche Plättchen, die kleineren Ellipsoide darstellen. Ein Keimbläschen oder eine Kernhöhle vermochte MAX SCHULTZE nicht aufzufinden.

Nach MAX SCHULTZE entsteht nicht lange nach der Bildung der Unterkiemendrüse die Anlage einer zweiten, aus dem unter der Chorda dorsalis angehäuften Blastem über dem Herzen. Aus der durch Pigmentablagerungen früh schon sehr undurchsichtig werdenden Masse wachsen nämlich nach unten, gegen das Herz zu, drei oder vier kurze Fortsätze hervor, welche eine eigenthümliche Wimperung zeigen. Dieselben! machen fast den Eindruck von hohlen Röhren, jedoch zeigt eine genauere Betrachtung, dass dieselben nicht von einem Kanale durchzogen sind, sondern nur eine über die Oberfläche herüber laufende Rinne besitzen, und diese ist mit zwei Reihen Wimpern besetzt, welche einen wimpernden Kanal vortäuschen. Diese eigenthümlichen Gebilde, welche die Grundanlage einer Drüse zu bilden scheinen, entsprechen in ihrer Lage den Urnieren der Froschlarve. Auffallend ist die wimpernde Rinne auf der Oberfläche, welche den Kanälen der Urnieren anderer Thiere fehlt. Dieselben könnten möglicherweise später durch Umwachsung zu einem wimpernden Kanale werden, und, da Wimperung wohl in den Nieren, nicht aber in den WOLF'schen Körpern vorkommt, und bei den Fischen letztere überhaupt noch nicht als Vorläufer der Nieren nachgewiesen sind, so könnten die fraglichen Gebilde auch die Anlagen der Nieren selbst sein.

Ebenso räthselhaft muss zunächst eine zweite Drüsenanlage erscheinen, welche hinter der eben beschriebenen unter der Chorda hervorwächst. Dieselbe entseht viel später und besteht aus einem kurzen, gewundenen, engen Kanal, welcher aus strukturloser Haut gebildet erscheint und keine Spur von Wimperung zeigt.

Ich habe die vorstehenden Angaben zunächst an Embryonen und sehr jungen Larven von Petromyzon fluviatilis, weiterhin an Larven des Petromyzon Planeri geprüft.

Das früheste Entwickelungsstadium des uropoetischen Systems beobachtete ich bei einem Embryo mit der Anlage der vorderen vier Kiemenspalten. Das Herz lag bei diesem Embryo als ein 0,2 langer 0,1 dicker Hohlkörper der ventralen Fläche des Oesophagus an. Dicht hinter seinem vorderen Ende zeigte sich in der seitlichen Wand der längs des Pharynx nach vorne sich erstreckenden Peritonäalhöhle beiderseits eine runde Oeffnung, welche in einen schmalen längs der Chorda eine Strecke weit nach rückwärts verfolgbaren Gang führte.

Weiter war der Apparat entwickelt bei einem Embryo von 4,25 mm. Länge mit verdicktem aber bereits gestrecktem Hinterleib und der Anlage sämmtlicher Kiemensäcke. Das Herz war bei diesem Embryo 0,24 lang, an sein hinteres Ende stiess die Anlage der Leber, welche einen blinden nach vorne gerichteten geräumigen Fortsatz des Darms dicht hinter der Einmündung des Oesophagus bildete, demnach noch in dem Amphioxusstadium befindlich war. Neben und über dem Herzen, dicht hinter dessen vorderem Ende, waren zwei Vorsprünge in der seitlichen Wand der Leibeshöhle zu bemerken, welche je einen mit freier Mündung in die letztere sich öffnenden Gang enthielten. Diese Gänge standen mit gewundenen Röhren in Zusammenhang, welche dorsalwärts vom Herzen zwischen Chorda und Peritonäum von dem hintersten Kiemenseptum bis zum Niveau des vorderen Randes der Leberanlage sich verfolgen liessen. Alle diese Gebilde besassen ein deutliches Lumen, die Wandung wurde gebildet von einer einfachen Lage quadratischen Epithels und einer dünnen Bindegewebsschicht. An die gewundenen Röhrchen schloss beiderseits ein Gang sich an, welcher längs der ventralen Fläche der Chorda bis in die Nähe der Cloakenöffnung sich verfolgen liess.

Bei Larven von 7 mm. Länge wurde ein genauerer Einblick in das Verhalten der einzelnen Theile gewonnen, weil hier das erforderliche Material zu Gebote stand, um die Längsansicht durch Querschnitte zu kontrolliren. Die Anlage der Leber hatte bei diesen Thieren eine Länge von 0,4 und zeigte bereits netzförmig verzweigte mit deutlichem Lumen versehene Lebergänge. Vor der Leber erstreckte sich das Herz in einer Länge von 0,3 bis zum hintersten Kiemenseptum. Dorsalwärts von Herz und Leber verlief in der Mittellinie der 0,04 weite Oesophagus. Seiner rechten und linken Fläche lag je eine gewundene Drüse an, welche in einer Länge von 0,43 einer Höhe von 0,1 bei 0,05 Breite die parietale Lamelle des Peritonäum vorwölbte. Die Drüse bestand aus gewundenen Röhrchen von theils rundem, theils elliptischem Querschnitt mit durchschnittlich 0,024 betragendem Durchmesser.

Das Lumen war scharf begrenzt, die Wand wurde gebildet von einer einfachen Lage quadratischer 0,006 hoher Epithelien mit rundlichem Kern und einer dünnen Bindegewebshülle, an welche eine geringe Menge mehr lockeren Bindegewebes sich anschloss. Die Kanälchen lagen in Folge des letzteren Umstandes sehr nahe aneinander. An vier Stellen bildeten sie Vorragungen, um mit einer trichterförmigen von zwei Seiten komprimirten Oeffnung in die Peritonäalhöhle auszumünden. Die Kanälchen verengten sich plötzlich nahe dem Abgang des Mündungsstücks, das Epithel nahm im Verlauf des letzteren cylindrische Form an und zeigte nahe der Mündung 0,01 hohe sehr deutliche Cilien. Am Rande jeder Mündung ging dieses Flimmerepithel ohne Unterbrechung in das Peritonäalepithel über, welches im Verlauf der durch die Mündung emporgehobenen Strecke des Peritonäum gleichfalls der cylindrischen Form sich näherte, an deren Basis dagegen gleich dem umgebenden Peritonäalepithel ganz flach war. Ausser den vier Vorsprüngen, auf welchen die Mündungen der Kanälchen in die Leibeshöhle lagen, zeigte jeder drüsige Körper an seiner medialen Fläche einen Glomerulus, welcher von dem Peritonäalepithel längs seiner freien Fläche überzogen war. Am hinteren Ende ging jede Drüse in einen einfachen Gang über, welcher dorsalwärts vom Parietalperitonäum der lateralen und unteren Fläche der Vena cava anliegend bis zur Cloake sich erstreckte, in welche er dicht hinter dem Darm ausmündete. Der Gang hatte auf dem Querschnitt elliptische Form, 0,024 im kurzen, 0,028 im längeren Durchmesser, er besass ein deutliches Lumen, die Wand bestand aus einer einfachen Lage quadratischer 0,006 hoher Epithelien und einer dünnen Bindegewebsschicht. Die dorsale Wand der Peritonäalhöhle bildete den Vorsprung noch nicht, welcher in den späteren Entwickelungsstadien zur Entwickelung gelangt und im Folgenden wegen seiner Beziehungen zur Urniere als Urnierenfalte bezeichnet werden wird; ebensowenig waren in dem hinter den gewundenen Kanälchen befindlichen Abschnitt des Ganges die Anlagen von Urnierenkanälchen wahrnehmbar. Letzteres ist ein für die Auffassung des Befundes wichtiges Ergebniss; die Drüse, welche dem vorderen Ende des Urnierengangs angefügt ist, stellt nach Lage und Bau das Homologon der Vorniere von Myxine dar und wird daher im Folgenden stets als solche bezeichnet werden. Der Umstand, dass dieselbe bei Petromyzon vollständig entwickelt ist, zu einer Zeit, in welcher die Entwickelung der Urnierenkanälchen noch nicht begonnen hat, lässt schliessen, dass hier zwei in der Zeitfolge ihrer

Entwickelung und in ihren Beziehungen zur Leibeshöhle verschiedene Organe vorliegen, von welchen das eine, die Vorniere, älter ist als das andere und erst im weiteren Verlauf der Entwickelung demselben Platz macht.

Bei der Larve von Petromyzon Planeri von 25 mm. hatte die Vorniere eine Länge von 1,2 mm. bei 0,35 Breite und 0,7 Höhe. Der Bau hatte sich nicht wesentlich gegenüber dem Befund der zuletzt beschriebenen Larven von Petromyzon fluviatilis geändert, die Dimensionen der einzelnen Theile waren beträchtlicher. Die Vornierenkanälchen hatten 0,06—0,08 Durchmesser mit scharf begrenztem Lumen und 0,014 hohem einschichtigen kubischen Epithel mit rundem Kern und zahlreichen Körnchen im Protoplasma. An das Epithel schloss sich eine dünne Membrana propria an, welche von einer Schichte mehr lockeren Bindegewebes umgeben war. Auch jetzt waren die Kanälchen dicht aneinander gelagert, das sie umgebende Bindegewebe führte eine mässige Zahl grosser verästelter Pigmentzellen. Die Zahl der Oeffnungen, durch welche die Vornierenkanälchen mit der Leibeshöhle kommunicirten, war wie früher vier. Die vorspringenden Mündungsstücke waren seitlich komprimirt, die Oeffnung in Folge davon rinnenförmig, das Epithel in deren Bereich cylindrisch, 0,013 hoch, 0,004 breit, mit konischen sehr deutlichen Cilien von 0,01 Länge besetzt, der Uebergang in das Peritonäalepithel verhielt sich wie früher. An der medialen Fläche jeder Vorniere ragte dicht unterhalb des Oesophagus ein 0,13 langer 0,08 breiter Glomerulus mit seicht gelappter Oberfläche über die Umgebung vor. Vergl. Taf. I Fig. 6. An ihrem hinteren Ende setzte sich die Vorniere in den Urnierengang fort. Letzterer lag zunächst hinter der Vorniere der ventralen Fläche jeder Hohlvene an als ein im Querschnitt elliptischer Gang, welcher von lockerem verästelte Pigmentzellen führenden Bindegewebe umgeben war. Eine kurze Strecke weiter rückwärts wurde die Urnierenfalte deutlich und erstreckte sich beiderseits der Mittellinie von der ventralen Fläche jeder Hohlvene aus als ein im Querschnitt annähernd dreieckiger mit konkaver medialer und konvexer lateraler Fläche versehener Vorsprung von 0,5 Höhe bei 0,2 Breite an der Basis in die seitliche Partie der Leibeshöhle. Der Urnierengang verlief in schiefer Richtung durch die Falte, so dass derselbe allmählich nahe der abgerundeten ventralen Spitze der letzteren zu liegen kam. Sein Querschnitt war von elliptischer Form, 0,08 im längeren, 0,06 im kürzeren Durchmesser., In dem ganzen vorderen Abschnitt seines Verlaufs durch die Urnierenfalte gingen von demselben Harnkanälchen ab, welche sich gewundenen Verlaufs bis zu dem dorsalen Ende jeder Falte erstreckten und schliesslich in runde je einen Glomerulus beherbergende Kapseln endigten, welche längs der medialen Fläche des Vorsprungs nahe dessen ventralem Ende gelagert waren. Die Urnierenkanälchen waren von zweierlei Dimensionen: In dem ventralen Abschnitt jeder Falte waren sie durchschnittlich 0,048 im Durchmesser mit Lumen von 0,028 und kubischem Epithel von 0,01 Höhe. In dem dorsalen Abschnitt der Falte war der Durchmesser der Urnierenkanälchen im Mittel 0,03 mit Lumen von 0,014 und·kubischem 0,008 hohen leicht gelblich gefärbten Epithel. In der Nähe der beiden Hohlvenen enthielt die Bindesubstanz beider Falten zahlreiche Fettzellen, zugleich erstreckte sich zwischen die schmalen Urnierenkanälchen des dorsalen Abschnitts mehr zellenreiches Bindegewebe als zwischen die weiten Kanälchen des ventralen Abschnitts, welche in Folge davon dichter gedrängt lagen. In der Nähe des Uebergangs in die Kapseln nahm das Epithel mehr cylindrische Form an und liess Cilien erkennen; in der Kapsel selbst flachte es sich rasch ab und überzog deren Innenfläche sowie den die Lichtung nahezu ausfüllenden Glomerulus mit einer zusammenhängenden dünnen Decke. Der unterhalb der Aorta zwischen den beiden Urnierenfalten liegende Abschnitt des Bauchfells liess keine deutliche Anlage des Genitalapparats erkennen.

Bei der Larve von 43 mm. war an der Vorniere in so ferne eine Aenderung zu konstatiren, als dieselbe von ziemlich weiten Gefässräumen durchsetzt war. Die Kanälchen waren in Folge davon etwas auseinander gedrängt, sie verhielten sich im Uebrigen wie früher, ebenso ihre Mündungen und der Glomerulus. Die Urnierenfalte war 0,8 hoch, 0,4 an der Basis breit. Der Urnierengang verlief in schiefer Richtung durch deren vorderen Theil, von ihrer Basis im Verlauf nach rückwärts der stumpfen Spitze sich nähernd; sein Querschnitt war elliptisch, 0,116 im langen, 0,087 im kürzeren Durchmesser; die Wand wurde gebildet von einer einfachen Lage cylindrischen Epithels von 0,015 Höhe und umgebender Bindesubstanz. Die Urnierenkanälchen waren im ventralen und dorsalen Abschnitt der Falte dentlicher in ihren Dimensionen verschieden als in dem vorhergehenden Stadium: die im ventralen Abschnitt liegenden Kanälchen hatten 0,06—0,07 Durchmesser, ihr Epithel war quadratisch bis kubisch, 0,014 hoch und imbibirte sich mit Carmin dunkelroth; die im dorsalen Abschnitt liegenden hatten einen durchschnittlichen Durchmesser von 0,03 mit 0,01 hohem kubischem mit Carmin gelblich roth sich imbibirendem Protoplasma; sie bildeten zum Theil dorsalwärts gerichtete Schleifen. Die ventralen gingen mit einer leichten Verengerung in die 0,1 im Durchmesser haltenden Kapseln über; das Epithel nahm in der Nähe der Uebergangsstelle cylindrische Form an und trug Cilien, um in der Kapsel rasch sich abzuflachen und letztere sowie den in sie vorragenden Glomerulus in kontinuirlicher Lage zu überziehen.

Das Genitalsystem war bereits bei Larven von 35 mm. in Form einer der Länge nach zwischen der Basis der beiden Urnierenfalten sich erstreckenden Verdickung des Peritonäalepithels angelegt. Die ursprünglich gleichförmige Anlage hatte sich jetzt dadurch weiter entwickelt, dass dieselbe durch das Eindringen von bindegewebigen Scheidewänden in rings geschlossene solide Follikel gesondert wurde. Die ganze Anlage stellte auf dem Querschnitt einen unvollkommen zweilappigen der ventralen Fläche der Aorta anliegenden Streif von 0,08 Höhe bei 0,07 Breite dar. Die einzelnen Follikel hatten 0,03 bis 0,04 im Durchmesser, sie bestanden aus einer dünnen bindegewebigen Kapsel und im Inneren durchweg aus kubischen und rundlichen im Mittel 0,006 grossen protoplasmareichen Zellen. Die Anlage der beiden Geschlechtsdrüsen verhielt sich in diesem Stadium vollkommen gleich. Dies änderte sich bereits bei Larven von 50 mm. Länge, indem in den Follikeln des Ovarium das Auftreten von Eiern bemerklich wurde. Letztere bildeten sich aus je einer central liegenden Anlagezelle hervor und vergrösserten sich rasch auf Kosten der umliegenden den Follikel erfüllenden Zellen, welche unter bedeutender Abflachung gegen die bindegewebige Wand des Follikels gedrängt wurden. Vergl. Tafel II Fig. 9.

Bei der Larve von 65 mm. Länge war die Vorniere in voller Rückbildung begriffen. Dieselbe war begleitet von dem Auftreten mächtiger kavernöser mit dem vorderen Ende der beiden Hohlvenen zusammenhängender Räume, zwischen welchen die Vornierenkanälchen in grossen Zwischenräumen enthalten waren. Ihr Durchmesser betrug im Mittel 0,04, das einschichtige cylindrische 0,012 hohe Epithel war in seinem Protoplasma dicht erfüllt von glänzenden intensiv braungelben kryptokrystallinischen Körnchen. Vergl. Tafel I Fig. 7. In der Nähe der Mündungsstücke hörte dieser Infarkt auf, das Epithel war hier wie früher cylindrisch und protoplasmareich und an der rinnenförmigen Mündung selbst mit langen Cilien besetzt. Der an der ventralen Fläche beider Vornieren in die Leibeshöhle vorspringende Glomerulus hatte eine Länge von 0,17 bei 0,087 Breite. Am hinteren Ende der Vorniere gingen deren Kanälchen in den Urnierengang über, welcher hier in einer kurzen dem Ende des Oesophagus anliegenden Strecke eine geringe Zahl braungelber glänzender Conkremente in seinem Lumen enthielt, aber keine Kanälchen abgab. Daran schlossen sich wieder die beiden in ihrem vorderen Abschnitt den Urnierengang mit der Urniere beherbergenden Falten an, deren Höhe 1,3 bei 0,435 Breite an der Basis betrug. Der Verlauf des Urnierengangs war wie früher, die weiten ventralwärts und die schmalen dorsalwärts liegenden Kanälchen waren aber schon durch die Anordnung unterscheidbar, indem erstere dicht gedrängt, letztere durch zwischenliegendes Fett- und Pigmentzellen führendes Bindegewebe durch ziemlich beträchtliche Zwischenräume geschieden waren. Die den Glomerulus enthaltenden Kapseln hatten sich auf 0,18 erweitert, die engen Urnierenkanälchen hatten einen mittleren Durchmesser von 0,04, die weiten einen solchen von 0,06.

Ovarium und Hode waren vollständig als solche ausgebildet. Die Eier hatten 0,09 im Durchmesser, ihr Protoplasma war homogen, sehr kleine gelbliche Körnchen in gleichförmiger Vertheilung enthaltend, der Kern rund 0,04, das Kernkörperchen 0,011 messend. Jedes Ei war umgeben von einer sehr dünnen gefalteten Membran, welche bei starker Vergrösserung auf Anwendung von Carminpikrat eine polygonale Zeichnung bei Betrachtung von der Fläche erkennen liess; auf diese folgte das den Follikel abschliessende dünne Bindegewebsseptum mit ellipsoidischen Kernen von 0,002 : 0,008. Der Hode hatte seine Follikel gegen früher vergrössert; der Inhalt liess eine periphere Zone von kubischen Epithelien und eine centrale Zellenmasse von mehr rundlicher Form unterscheiden, Spermatozoiden waren in keiner der Zellen in der Anlage begriffen.

Es würde zu weit führen, die Veränderungen, welche im weiteren Verlauf der Entwickelung an dem Urogenitalsystem sich einstellen, nach den einzelnen Stadien zu schildern, da dieselben aus dem Befund, welchen das geschlechtsreife Thier zur Laichzeit darbietet, von selbst sich ergeben. Bei letzterem hat die Vorniere eine nahezu komplete Involution erfahren, von welcher nur die Mündungsstücke nebst dem Glomerulus verschont beiben. Sie ragen beiderseits der Mittellinie als je vier gelbliche kurze Zapfen in den vordersten Abschnitt der Leibeshöhle vor. Ihre Länge beträgt 0,15 bis 0,2, die Dicke an der verschmälerten Basis 0,1, am freien Ende 0,12 bis 0,14. Sie bestehen aus einer centralen von cylindrischem Epithel ausgekleideten Höhle, welche am freien Rande mit seitlich komprimirter in Folge davon rinnenartig erscheinender Oeffnung in die Leibeshöhle ausmündet. Im Bereich der Oeffnung tragen die Epithelien 0,014 lange konische etwas steife Cilien; wie früher setzt sich das Flimmerepithel unter Abflachung und Verlust der Cilien kontinuirlich in das anliegende Peritonäalepithel fort. Der medianwärts von den Mündungsstücken liegende Glomerulus ist von oben nach unten abgeflacht und sitzt dem Peritonäum mit schmaler stielartiger Basis auf. Vergl. Taf. I Fig. 8. Die Vornierenkanälchen sind nebst den mächtigen sie umgebenden kavernösen Gefässräumen geschwunden, ebenso der vorderste Abschnitt des Urnierengangs. Die Urniere hat ihre Beschaffenheit gegen früher in so ferne verändert, als sie in Folge von stärkerer Entwickelung von fetthaltigem Bindegewebe in der Basis der Urnierenfalte ganz in deren ventralen Abschnitt zu liegen gekommen ist. Auch jetzt sind die dorsalwärts liegenden Kanälchen schmäler als die ventralwärts liegenden, die Differenz ist aber etwas geringer als früher, die Unterscheidung wegen der dichteren Aneinanderlagerung sämmtlicher Theile schwieriger.

Es folgt aus diesem Befund, dass das Verhalten der Vorniere bei der Petromyzonlarve lange Zeit hindurch jenem bei allen amnionlosen Cranioten im Wesentlichen konform ist, wie ein Blick auf die Figur 1 auf Tafel II ergibt, welche den Befund der Vorniere bei der Froschlarve (Rana temporaria) wiedergibt. Gegenüber Myxine erfährt aber die Vorniere hei Petromyzon eine fortschreitende Involution, welche aller Wahrscheinlichkeit nach durch die stärkere Entwickelung der Urniere bedingt ist. Nur ein unbedeutender Rest des Organs entgeht dieser Involution. Es verhält sich bei den Petromyzonten die Urniere ähnlich zur Vorniere wie bei den Amnioten die Niere zur Urniere; dies gilt aber für alle amnionlosen Cranioten, wie ich in einer umfassenderen Arbeit nachweisen werde.

Erklärung der Abbildungen.

Taf. I.

Fig. 1. Uropoetisches System von Myxine glutinosa. Natürliche Grösse. a
Darm mit der hinteren Leber zurückgeschlagen. b Herz. c Vorniere.
d Conkrementhaltiger Abschnitt. e Urniere.

Fig. 2. Vorniere von Myxine glutinosa. a Vornierenkanälchen. b Deren Aus-
mündungen in die Perikardialhöhle. c Glomerulus. d Vena cava. e Urnierengang. f Urnierenkanälchen mit Glomerulus.

Fig. 3. Conkrementhaltiger Abschnitt des Urnierengangs von Myxine glutinosa.
a Vorderster Theil des Urnierengaugs. b Conkrementhaltiger Theil. c
Urnierengang. d Conkremente.

Fig. 4. Urniere von Myxine glutinosa, mit Berlinerblau vom Urnierengang aus
injicirt. a Urnierengang. b Urnierenkanälchen. c Kapsel.

Fig. 5. Urniere von Myxine glutinosa, von der Aorta aus injicirt. a Urnierengang. b Urnierenkanälchen. c Kapsel. d Arteria renalis. e Glomerulus.
f Vas efferens. g Vena renalis. h Capillarnetz um den Urnierengang.

Fig. 6. Querschnitt durch die Vorniere einer 25 mm. langen Larve von Petromyzon Planeri. a Rückenmark. b Chorda. c Aorta. d Oesophagus. e
Vorniere. f Prominirender Glomerulus. g Mündungsstück. h Vena cava.
i Haut. k Rumpfmuskulatur.

Fig. 7. Querschnitt der Vorniere einer 65 mm. langen Larve von Petromyzon
Planeri. a Chorda. b Aorta. c Cavernöse Gefässräume am vorderen
Ende der Vena cava. d Vornierenkanälchen, die Epithelien in ihrem Protoplasma braungelbe Conkremente führend. e Mündungsstücke. f Prominirender Glomerulus.

Fig. 8. Querschnitt der Vorniere des geschlechtsreifen Petromyzon Planeri.
a Cuticula chordae. b Aorta. b¹ Letztes Kiemenvenenpaar. c Vena cava.
d Persistirende Mündungsstücke. e Persistirender Glomerulus.

Taf. II.

Fig. 1. Querschnitt durch die Vorniere einer jungen Larve von Rana temporaria. a Nervensystem. b Chorda. c Aorta. d Ausmündung der Vorniere in die Leibeshöhle. e In die Leibeshöhle prominirender Glomerulus·
f Vornierenkanälchen. g Peritonäalepithel.

Fig. 2. Querschnitt durch die Vorniere von Myxine glutinosa. a Vornierenkanälchen. b Ausmündung der Vorniere in die Leibeshöhle (das Perikard).
c Glomerulus. d. Vena cava.

Fig. 3. Schnitt durch die Urniere von Petromyzon Planeri. a Kapsel mit
Glomerulus. b Uebergang der weiten Urnierenkanälchen in die Kapsel mit
Flimmerepithel. c Weite Urnierenkanälchen. d Interstitielle Bindesubstanz.

Fig. 4. Horizontalschnitt des Porus abdominalis und !seiner Umgebung von Amphioxus. a Hodensegmente. b Sphincter pori abdominalis. c Porus abdominalis. d Stützen der Bauchflosse. e Bauchmuskel.

Fig. 5. Querschnitt des Eierstocks eines 25 mm. langen Amphioxus. a Eizellen. b Eianlagen. c Kapsel. d Gefäss am Hilus.

Fig. 6. Längsschnitt des Eierstocks eines 40 mm. langen Amphioxus. a Reife b unreife Eizellen. c Kapsel. d Hilus mit Gefäss.

Fig. 7. Querschnitt des Hoden eines 25 mm. langen Amphioxus. a Kapsel. b Anlagezellen. c Hilus.

Fig. 8. Querschnitt des Hoden eines 40 mm. langen Amphioxus. a Kapsel. b Rindensubstanz. c Marksubstanz mit dem Trabekelnetz. d Hilus.

Fig. 9. Schnitt durch das Ovarium einer Larve des Petromyzon Planeri von 48 mm. Länge. a Follikel mit Anlagezellen. b Follikel mit Eianlage. c Bindegewebehülle.

Fig. 10. Schnitt durch das Ovarium einer 120 mm. langen Larve von Petromyzon Planeri. a Eier. b Bindegewebige Septa. Das nähere Detail ist bei diesen Figuren, welche nur über die gröberen Verhältnisse von Hode und Ovarium informiren sollen, nicht ausgeführt.

Fig. 11. Schnitt durch den Hoden einer 120 mm. langen Larve von Petromyzon Planeri. a Hodenfollikel. b Interstitielles Bindegewebe.

Fig. 12. Hode von Myxine glutinosa. a Hodenfollikel. b Mesorchium.

Fig. 13. Schnitt durch den Hoden von Myxine glutinosa. a Hodenfollikel. b Bindegewebige Hülle.

Fig. 14. Ovarium einer 200 mm. langen Myxine glutinosa. a Eizellen. b Anlagezellen. c Peritonäum.

Fig. 15. Ovarium von Myxine glutinosa. a Jüngere b Weiter entwickelte Eier. c Mesovarium.

Fig. 16. Ei des Amphioxus. a Testa, von polygenalen Follikelepithelien gebildet, deren Kern geschwunden ist. b Eiprotoplasma mit Dotterkörnchen. c Kern. d Kernkörperchen.

Berichtigung. Auf Seite 3 bis 21 sind die Nummern der beiden Tafeln in Folge eines Missverständnisses verwechselt, wofür die Nachsicht des Lesers erbeten wird.

Druck der Fr. Mauke'schen Officin in Jena.